U0025927
男女之間存在
純友情嗎？
不，不存在！
七菜なな
插畫／Parum
Flag 5.
雖然不到三十歲，
還是跟我在一起吧？
Kadokawa
Fantastic Novels

contents

男女之間存在
純友情嗎？
不，不存在！
七菜なな
插畫／Parum
Flag 5.
雖然不到
三十歲，
還是跟我
在一起吧？
Kadokawa Fantastic Novels

Prologue——曇花的憂鬱

大家好。

我是總有一天會超越最強之人，真木島慎司。

好了，這段漫長的暑假也將在明天結束。很漫長。真的很漫長。這大概不是我的錯覺吧。這段時間發生的事情多到以體感來說，就像經歷了三次暑假。

八月三十日深夜。時間到了即將換日的時候。

我躺在自己房間的床上滑手機。女朋友要我找個地方明天帶她去玩。

（明天啊。算了，反正社團不用練習，作業也都寫完了……）

今年夏天只顧著小凜跟小夏，沒什麼時間陪女朋友。而且都最後一天了，沒差吧。

「呃～明天小凜他們從東京回來是搭幾點的飛機啊……」

得在那之前結束跟女朋友的約會才行。因為我必須詢問小凜這趟東京旅行的成果如何。

（就算是小夏那種木頭，一整個星期都跟小凜兩人獨處，應該也沒辦法繼續保持冷靜。多少會有些進展……我本來是這樣預測的。）

然而有種不祥的預感。

既然知道紅葉姊又會攪局，那麼肯定會發生某些麻煩事。如果那樣做能對小凜有利就好了，偏偏私底下的紅葉姊又是那麼不識相。

（真是的，小凜自己也有不對。不要受到奇怪理想的束縛，手腳俐落點把小夏搶過來不就得了……）

好吧，我不討厭這種青澀的個性就是了。

我下了床離開房間前往廚房。當我踩著咯咯作響的走廊，剛好快到玄關時門打開了。

大哥回來了。

一頭亂糟糟的瀏海看了就煩，看起來人畜無害的眼鏡男。身上打扮不是平常的住持袈裟，而是私人時間的襯衫跟牛仔褲。

「慎司。你還沒睡啊？」

「正準備要睡。大哥才是，這麼晚怎麼了嗎？」

沒想到他會在這個時間外出，嚇了我一跳。通常這個時候大哥都在自己房間裡跟「老婆們」待在一起（僅限二次元）。

「是去買菸嗎？說一聲我也會跟你一起去……」
「不，我最近在禁菸。因為由紀小姐不喜歡會抽菸的男人。」
「……我真的很佩服你這種能配合『老婆』改變嗜好的毅力。」
這個大哥每當喜歡一個動畫當中的角色，就會配合那個角色改變興趣，並將自律生活習慣奉為生存價值。
例如他以前曾說過：「為了無論何時被召喚也不怕。」一開始學習魔法，最近則是揹著神祕的木箱生活……看在我的眼裡真是太瘋狂了。不過愛的形式因人而異，我也不打算加以否定……
大哥提著一個紙袋。那個怎麼看都像是點心禮盒。難道他是去跟工作相關人士見面嗎……嗯嗯？
那個紙袋印著羽田機場的標誌。
「啊，這個嗎？我剛才去接榎本家的凜音回來。」
「接小凜？去哪裡接？」
「機場啊。她好像搭上最後一班從東京回來的飛機，但是到了這邊錯過末班車的樣子。於是阿姨拜託我開車去接她。我本來也想帶著你一起去的，不過看到你在後面的球場自習，就沒去打擾你了。」
「……除了小凜還有誰嗎？」

「只有凜音一個人啊。我聽說她是在小紅回東京時一起跟著過去的。」

然後說聲：「拿去。」將那袋好像是小凜帶回來的伴手禮交給我。

大哥一邊打著呵欠，一邊回自己房間了。恐怕是要熬夜度過與「老婆」相處的時間吧。明天分明也要早起，他還真是重視家庭（僅限二次元）。

「……也就是說，小凜是自己一個人回來的嗎？」

真奇怪。

兩人原本預計明天才要回來。早一點就算了，小夏沒跟她一起回來這點很奇怪。

我將紙袋放在廚房桌上，隔著窗戶看了一下後面的管理墓園。

在一片漆黑的夏日墓園另一端……可以看得見小凜家的蛋糕店。二樓的燈是亮的。看樣子小凜好像真的回來了。

總覺得有種不祥的預感。

這也是理所當然。對小凜來說，這趟旅行是她少數能在日葵看不到的地方獨占小夏的機會。

她怎麼可能會想要提前整整一天回來。

我回到房間之後，拿起手機用LINE傳訊息給她。

『小凜。妳回來了嗎？』

立刻出現已讀。但是她沒有回覆，於是我繼續傳送訊息。

『不是預計明天才要回來嗎？』

『這跟小慎沒關係。』

……到底是誰要我擬定旅行計畫的啊？

一邊壓抑莫名的怒火，我捏著自己的臉頰保持冷靜。好痛。看來還沒問題。

（好久沒看到她露出討拍的一面了……這下應該發生了什麼事吧。）

送出『我現在去找妳喔。』的訊息之後，在玄關穿上拖鞋走出家門。

從墓園外面繞一大圈，來到小凜家蛋糕店的正門口。不過店面已經完全熄燈，籠罩在一片寂靜之中。

於是繞到後門，熟門熟路地進入家中打擾。阿姨應該已經睡了，我放輕腳步緩緩往前走。

上到二樓，我敲了敲小凜的房門。沒有回應。不過門的縫隙透出光線，應該還沒睡吧。

「小凜。我要進去了喔。」

我足足等了十秒才把門打開。

只見小凜翹著腳坐在窗邊，「呼～」抽著像是捲菸的東西。

「妳這傢伙啊啊啊啊啊啊啊啊啊啊啊啊啊啊啊啊啊啊啊啊啊啊啊啊啊啊啊

啊啊！」

我發出怒吼，衝過去拿走那個東西！

這個女人突然抽起菸來，到底在想什麼——嗯嗯？看著從她手裡拿走的東西，我頓時說不出話來……

這是YOKU MOKU的雪茄蛋捲。

就是那個用薄薄的餅乾麵糊捲成長筒狀的甜點。中元節時如果有人送這個就會覺得有點開心的昂貴點心。但是我不喜歡吃甜食，所以這只是普遍看法。

「……小慎好吵。」

小凜嫌棄地開口之後，從放在桌上印有羽田機場標誌的禮品袋裡拿出第二根雪茄蛋捲。她先用手指敲了一下前端，再含進嘴裡。接著用雙手夾著沒有含住的另一端，發出「咻砰！」點火的聲音。

緩緩地換翹另一隻腳之後，她像在抽菸似的把雪茄蛋捲夾在兩指之間。

「小慎……小弟弟。這麼晚了，有什麼事嗎？」

「我才想問妳有什麼事好嗎！」

既然還得特地重講一次，一開始別塑造這麼奇怪的角色不就得了。為什麼我非得應付突然開始裝模作樣的小凜啊？

當我感到退避三舍時，「呵！」小凜冷笑一聲。接著做出朝著窗外吞雲吐霧的動作……對此莫名感到不爽的人難道只有我嗎？

「女人總不可能一直都是孩子。你知道吧？」

「這點我知道，但是我覺得妳對於這句話的解讀有致命性的誤會耶。」

她做出詭異的舉動一點也不奇怪，但是這次格外無法理解她在想什麼。

從那身外出的打扮看來，回來之後應該還沒洗澡吧。天啊，真佩服大哥有辦法開車載著情緒這麼莫名其妙的女人，而且還忍耐了一個小時以上。

（……等等。）

這個現狀……從各個要素看來，我得出一個假設。為了加以驗證，我張開雙臂誇張笑道：

「啊啊，原來如此。妳總算跟小夏『轉大人了啊』。一男一女整個星期都待在一起，會變成這樣一點都不奇怪。哎呀，真是太好了。這麼一來我的協助也算『值得』了。」

「唔……」

聽見我這麼「不識相的笑話」，小凜不禁抖了一下。她先是用右手不停拍打身邊，然後拿起剛好在手邊的桌燈朝我扔過來。

我連忙接住之後，大嘆一口氣。

「……所以說，發生了什麼事？」

看樣子好像真的發生一些狀況。如此一來就是安慰派對啊……

當我想著「幸好大賽已經結束了……」擔心自己的體重時，小凜一口接著一口吃掉雪茄蛋捲。她靠著沒有拉起窗簾的窗邊，眺望眼前一片漆黑的墓園。

「小悠把飾品看得比我還重要。」

「…………」

啥啊？

聽到這句話，我真的覺得很沒勁。

「小凜，事到如今還在說什麼啊？這不是早就知道的事嗎？」

小凜聞言一臉憤怒。心想她總算露出像個人的表情，突然就抓起桌上的學校書包丟過來！

由於手裡抓著剛才的桌燈，書包直接命中我的臉。

「我也知道！不過這趟是給我的獎勵旅行吧！比起任何事都應該以我為重才對啊！但是他卻馬上答應姊姊的要求，把我丟在旁邊不管耶！這樣當然不行啊！」

大喊的小凜十分激動，我趕緊去把房門關上。要是把阿姨吵醒就麻煩了。

不對，深夜時分有男人跑進年輕女兒的房間才是大問題吧。

依照阿姨的個性看來，絕對會察覺我們在聊戀愛話題，於是興沖沖地打算插一腳。而且肯定會把蛋糕店裡的所有甜點拿過來，讓我吃到膩為止……題外話，我之所以會在初春時的安慰派對胖了三公斤，就是因為這樣。

我把書包丟回去給她，小凜翹腳坐到書桌的椅子上。

「……原來如此，狀況我理解了。也就是說可惡的小夏就算在旅行途中也是飾品笨蛋吧。」

「小慎，反正你早就知道姊姊會來攪局了吧？」

「是啦。但是把氣出在我身上就不對了。我的工作頂多只有擬定讓你們可以成功抵達東京的計畫而已。到了那邊之後要怎麼應對突發狀況，不在我的思考範圍痛痛痛痛痛痛。小凜，放棄、放棄放棄，是我不好，都是我不對所以拜託妳不要用鐵爪功。我的美貌要是有所損傷，整個人生都會跟著走樣……！」

話才說到一半就遭到制裁，我只能不斷拍打小凜的手臂。瞬間好像看見去了陰間的已故祖父，不過好不容易活了下來……國中時別人都對我說：「真羨慕你有個這麼漂亮的兒時玩伴。」但是我真的很想問問他們，在得知她的個性之後還能不能說出一樣的話。

「話說回來，不然妳要我怎麼辦！難道要我說早知道就跟妳一起去東京嗎？反正小凜一定會說：『不要妨礙我們兩人的旅行。』更何況也是小凜自己把紅葉姊納入計畫成員裡的！妳一開始就能料到紅葉姊絕對不是被擺了一道還會默不吭聲吧！」

「……唔！」

小凜不禁有點畏縮。

攻守之勢逆轉。我逮住這個機會，繼續把我的想法說出口。

「說得更直接一點，這不過是小凜自己的『覺悟』不夠。反正妳一定是抱持光是能跟他在一起就很幸福～的天真想法吧。我不會說日葵的做法才是對的，但是妳應該要知道，如果不強勢到那種程度，就沒辦法扭曲他的信念。」

「唔～～～～！」

小凜滿臉通紅再次大聲吼叫：

「人、人家也很努力了！」

「喔？既然如此，就讓我看看成果啊。話要怎麼說都可以，但是重點在於有沒有確實交出暑假作業吧。」

「唔……」

她的氣勢頓時變弱。但是似乎不甘於說不贏我，連忙滑起手機尋找什麼。

然後她拿了某張照片給我看。

「這、這個！」

「啥啊？」

接過她的手機，我仔細端詳究竟是怎樣的照片。

是張陪睡的照片。

完全就是睡友照。

穿著浴袍而且胸口大開的小夏，在耀眼朝陽的照耀下大睡特睡。那張睡臉簡直就像是毫無戒心的小動物。

然後盯上他的母豹……也就是小凜露出史上最得意的表情將臉頰貼過去，用手指比出V字自拍。這個人也因為兩人旅行玩得太嗨而完全鬆懈了。只見她身上的浴袍不小心滑落肩頭……這種照片要是被同學看到，肯定會引發騷動喔。

「就算是小慎看了也嚇一跳吧。雖然是姊姊的惡作劇所造成，但是這段期間一直跟小悠住在同一個房間喔。而且還做了那個『約定』——」

「…………」

說真的，沒什麼比看到兒時玩伴的這種照片更尷尬的事了，但是小凜簡直像在炫耀自己的寶貝一樣滿臉得意，我也只能咬緊嘴唇忍耐。

總之先這樣吧。

「……所以呢？」

「咦？」

我這麼冷靜的反問大概遠超乎她的預料吧。小凜澈底當機。

……看樣子她完全誤會了。

「不，重點不在於這張照片，而是你們實際上『發展到什麼程度』。這張照片看起來確實充滿幸福，也很有夢想，可是如果只是單純陪睡……」

我直直盯著她，道出悲慘的事實。

「小凜就會變成向人炫耀偷拍陪睡照的怪女人。說真的，這種行為就和與受歡迎的直播主祕密交往的女人，為了向其他女人炫耀而在社交平台發布引發爭論的照片差不多。」

「…………」

愣……小凜滿是絕望的表情就此僵住。她從我手中抽回手機，這次則是披著毯子整個人蜷曲在床上。

藏頭露尾……我一邊想著眼前的渾圓屁股有多好踢，還是輕咳一聲忍耐下來。就算是兒時玩伴，我也不會毫不猶豫地踹異性的屁股，誰要淪落到跟某個令人火大的「噗哈」女相提並論。

我從口袋裡拿出折扇攤開，用格外開朗的聲音說道：

「好吧，事情都過去了。我們轉換心情思考往後的事吧。從第二學期開始，可不能錯過任何發動攻勢的機會喔。」

「…………」

死寂……小凜一動也不動。看來剛才那番話好像帶給她沉重的打擊。

糟糕……我是不是講得有點太過分了？

「小、小凜？哎呀，雖然剛才那樣講，但是我覺得這樣很正常喔。又不是男女一起去旅行就一定會有所進展吧？我反倒覺得安心了。這證明小凜跟某個噗哈好色女不一樣，具備正確的貞操概念。啊哈哈，這可是一大武器。男人終究還是喜歡端莊的女孩子……」

「…………」

沒有任何反應。

……死定了。這下子說不定真的踩到她的地雷。甚至讓我覺得她不像剛才那樣使出鐵爪功攻擊，反而讓人更加毛骨悚然……

不。別在此畏縮啊，真木島慎司。

我只不過是接受小凜的請求，擔任戀愛指導員借給她一點智慧罷了。我該做的事情並非討小凜歡心。

為了實現小凜的初戀，我要思考下一個作戰計畫。

「總、總而言之，小凜，第二學期開始之後，我覺得採取有點變化的攻勢比較好。那張照片

將會成為一大武器。只要把照片傳給日葵，必定會大發雷霆跟小夏大吵一架。到時候趁機……」

「……我不要。」

嗯嗯？

小凜不喜歡這個作戰計畫啊。也是啦，我知道小凜不喜歡耍這種手段。雖然有點可惜，這個方案還是作罷……

「我會對小悠死心，所以不要。」

「…………」

我的耳朵是不是有問題啊？

總覺得聽見什麼意料之外的發言……

「……啊～我可能有點中暑了吧。今年暑假實在太忙，大概是疲勞一口氣湧現的關係。我看明天還是不要去約會，在家休息好了。乾脆去大眾澡堂做個三溫暖，調整一下身體狀況也不錯。AEON也有按摩店進駐了，去做個腳底按摩也行。要是能轉換心情，或許能想出新點子……」

我搧著折扇如此笑道時，小凜慢慢從床上起身。蓋在身上的毯子也從肩膀滑落。

「小慎可以不用再幫我了。」

「…………」

看來並不是我累到聽錯。這樣也省下我再去推掉明天約會的麻煩，真是幸運。

闔起折扇指著小凜的鼻頭。只見她的眼睛不帶絲毫畏懼地注視著我。

「為什麼？事到如今為什麼要死心？」

「沒什麼。我只是覺得小悠的夢想好像不需要我。不如說還會造成妨礙。」

「啥啊？該不會連妳都被日葵那種空泛的友情理論毒害了吧？」

「沒什麼不好吧。反正怎麼樣都贏不了飾品，那就算了。」

「沒這回事。至今我都致力於讓小凜在小夏心中的存在愈來愈大。在我看來，這個目標發展得極為順利。小夏願意陪妳去這趟東京之旅就是最大的證據吧。」

就算嘴巴說自己愛著日葵，心也染上日葵的色彩……即使如此，還是無法拒絕小凜。

因為我就是將這樣的想法根深柢固在他的本能——比ＤＮＡ更深的地方。

如果用料理來比喻戀愛，日葵就是主菜。

即使在耀眼的全套料理之中，也是特別有存在感的一道。正可謂之主角，其他料理只能淪為為了吃這一道而準備的配角。

然而小凜是甜點。

也就是「另一個胃」。

即使肚子不餓，也會忍不住吃下去。小凜就是會不禁進到他的心裡。就算有了日葵這個女朋

友，即使如此還是只有小凜擁有自由進出的特權。說到頭來，兩人的「切入點不一樣」。

一直以來，我就是這麼調整他們的關係。自從初春那時日葵發飆之後，我就知道她在小夏心中位居「第一」。在那之後，我便故意將小凜定位成「無論受到小夏怎麼樣的對待都最喜歡他的『便利備胎』」從另一個層面拉抬她的聲勢。

然後經歷暑假時紅葉姊的事件後，小夏跟日葵的關係姑且確定下來。

兩人的關係已經穩定的現在，反而有機可趁。他們會因此鬆懈。小夏也會不禁想念小凜這個甜美的點心。

實際上小夏也確實因為第一次交到女朋友，開心到破綻百出。

在這個狀況迎來那趟東京旅行……只要小凜有那個意思，他們應該能夠進展到不會因為區區陪睡照片就開心成那樣的關係。

可惡……放任紅葉姊自由行動確實是我的責任，看樣子完全被擺了一道。但是我真的沒想到她會因此受到這麼大的打擊。那個心臟有如鋼鐵一般堅強的小凜怎麼會變成這樣……

不，等等。剛才小凜好像說了什麼吧？

「小悠把飾品看得比我還重要。」

……一切都說得通了。

也就是說——

「小凜，妳是『怕了』吧？」

「唔唔……！」

看吧，果然是這樣。完全被我說中了。

原來如此。也就是說「本來應該是以自己為主角的東京之旅卻輸給飾品」這個事實，讓她被類似真正失戀的情感狠狠揍了一頓。

這是意料之外的結果。

既然我的作戰計畫全都建立在小凜的鋼鐵心臟上，這點要是遭到破壞，一切也會隨之瓦解。

正因為對小凜來說，這趟東京之旅是「認真選在這個時機」，反過來受到的打擊才會這麼大。

「沒想到妳竟然會困在『如果無法成為小悠心目中的第一怎麼辦……』這種少女情懷爆棚的負面思考裡……小凜，妳的個性不是這樣吧？」

「吵死了。小慎又不懂。」

「不是，既然妳已經來到只差一步就能讓初戀修成正果的地方，就算現在說要死心，也只會留下滿心的後悔吧……」

小凜哼了一聲。

「這麼說來，小慎還對姊姊這個初戀情人念念不忘嘛。所以即使跟其他女生交往，也都不會真心相待吧？你不要因為自己的初戀無法開花結果，就把這個期望加諸在我身上。」

「咕……」

這次利劍準確地刺在我的心上。

不行。你要冷靜，真木島慎司。

我是總有一天會超越最強之人。為此我得時時刻刻保持冷靜才行。

小凜並非真心這麼說的。她只是因為那趟東京之旅與小悠的互動不如她的意，壓力太大才會有點彆扭。就跟小孩子鬧脾氣一樣。

啊哈哈。畢竟小凜從小就是個任性的妹妹嘛。她好像覺得自己很獨立，實際上完全沒有這回事。是個標準的公主病老么。

因此我更要冷靜下來。做個深呼吸之後，我露出微笑對著小凜說：

「小凜，妳冷靜一點。妳現在或許只是一時衝動這麼想，其實還是對小夏念念不忘吧？總之先把結論放在一旁，暫且把實現初戀這個目標放在一邊，就當成轉換心情……」

「煩死了。不管過了多久還是跟在姊姊屁股後面的小慎真沒出息。」

……怒上心頭。

深夜時分的情緒。

小凜意料之外的心境變化。

白天參加網球社的練習，然後還有自主練習，本來就很想睡的狀況……

這一切因素加在一起，在我心中按下某個開關。我搖搖晃晃站起身，不停開闔折扇。

回過神來，我發出了「呵呵呵呵呵～」的笑聲。

「小凜。妳可不要後悔自己說的話喔。」

「才不會。小慎才是該去談個健全的戀愛了。」

……事情為什麼會變成這樣？

說真的，我自己也搞不懂。我只知道自己莫名想讓這個討拍女嘗嘗苦頭，否則不會罷休。

「我絕對要讓妳承認自己無法放棄對於小夏的初戀。」

「戀愛這種事對我來說已經無所謂了。你不要因為自己誤判就多管閒事。」

我跟小凜之間迸出陣陣火花。

同盟就此決裂。

I

「對我來說最美好的日子已成過去」

波濤洶湧的暑假來到最後一天。

時間是下午四點多。

我——夏目悠宇從人潮洶湧的羽田機場搭上飛機返回故鄉。多虧有榎本同學留給我的便條紙，讓我不至於迷路。

混在同樣是旅行歸來的人群之中，走出老家附近的車站。

暑假已經要結束了，太陽還是一樣燦爛。沐浴在夕陽的耀眼光芒下，我久違地享受鄉下地方的空氣。啊啊，好新鮮。原來故鄉的空氣是這麼新鮮。

我回來了。活著回來了！

……沒錯，現在還活著。

我當場蹲下，「唉————」大嘆一口氣。

原本嗨到不行的情緒急轉直下。面對這樣的高低起伏，就算是攀岩高手肯定也會赤腳逃開。

呵呵呵，就只有想這種蠢事特別靈光。

總之在站前的圓環搭上計程車。先回家再說吧。還要拿回暑假期間被咲姊沒收的手機。

（拿回手機之後，得先跟榎本同學道歉才行……！）

在東京時，紅葉姊對我的指謫。

她說我利用榎本同學的好感把她當成備胎。

我不希望榎本同學也有這種誤會。我並不是懷著這個想法與榎本同學交朋友的……

（……不，那真的是「誤會」嗎？）

榎本同學……說過她喜歡我。不，是一直這麼說。我也拒絕了。而且拒絕過好多次。但是榎本同學依然沒有死心。

因為榎本同學說：「現在這樣就好。」所以我保持同樣的距離。

但在不知不覺間形成一種惰性。

人的心意會改變。一旦形成惰性，變得理所當然之時，我心中看待她的目光真的不可能跟著改變嗎？

難道我不是想著「與其因為自己做出的決定感到痛苦……」就依賴榎本同學的好感及好意，將痛苦的部分加諸在她身上嗎？

會不會依賴到了最後，導致惰性蒙蔽我的雙眼呢？

現在這樣的狀況……榎本同學真的不會感到痛苦嗎？

從計程車眺望窗外景色，與此同時我也注視著自己倒映在車窗上的臉。昨天還因為飾品那麼興奮，現在眼睛下方卻出現明顯的黑眼圈。看來就連行政套房那張豪華的床都無法緩解我的倦怠……啊，抱歉我在說謊。昨晚床被紅葉學姊占據，我睡在沙發上……

（……我並不討厭榎本同學。）

應該說我確實對她這個女生抱持好感。

怎麼可能不喜歡啊。那麼可愛的女生表現得如此主動積極，有誰能夠無動於衷呢？應該只有那種……該怎麼說……對於戀人的條件嗎？非常堅持的人而已吧……我也不知道是否真的會有那種像是機器人的人就是了。

我只不過是更喜歡日葵罷了。

如果我的個性類似真木島那樣，是不是不用這麼苦惱呢？雖然我也沒有想要成為那種坐擁後宮的主角。但是偶爾確實會羨慕能夠清楚切割的人。

在我還無法理出頭緒時，已經來到能夠看到我家的地方。

才過了一星期左右，那個便利商店的招牌已讓我感到懷念。

呃——現在這個時間，應該是咲姊準備離開家裡去值班的時候。反正也要拿伴手禮給家人，趁這個機會巧妙要回手機吧。

「我回來了～」

原本沒有期待有人回應，沒想到家裡傳來令人意外的聲音。

「你回來啦，蠢弟弟。」

咲姊待在客廳，趁著打工前先吃點東西。跟平常一樣是吐司搭配事先熬煮的麥茶，還有零食PORIPPY。順帶一提，那些都是我家便利商店賣的東西。

電視正在播放傍晚新聞，而且剛好是暑假最後一天的機場……該不會也有拍到我吧？

「咲姊，伴手禮。」

「我等一下拿給爸爸他們，你先放旁邊。」

這次也意外地得到回應。

平常都是隨口回應「嗯。」或「喔。」看來今天心情特別好。對我來說真是太幸運了。

總之趁她心情好的時候把手機拿回來吧。自從中元節當時紅葉姊的那件事之後，我就有點害怕咲姊……

「那個，咲姊。其實我有事……」

「拿去。你要說這個吧？」

咲姊把我的手機放在桌上。

「暑假結束了，還給你。」

「咦，真的假的……？」

她這麼乾脆就還給我，真是嚇了我一跳。

還以為她又會找我麻煩。像是「給我買更豪華的伴手禮回來啊」之類的。

「蠢弟弟，你不要嗎？」

「啊，抱歉。謝謝……」

我伸手拿起手機。

咲姊面帶格外溫柔的微笑。簡直就像聖母……不，應該是女神吧？實在搞不太懂，總之看起來很慈祥。我還是第一次看到這樣的咲姊。

而且不知道是不是我的錯覺，看起來好像比平常更漂亮。因為她總是眉頭深鎖，感覺相當新鮮。平常也擺出這種表情不就得了……

（……難道她是因為我平安回家感到開心嗎？）

咲姊是否滿擔心我的？畢竟她也參與了紅葉姊綁架我那件事，說不定其實感到滿內疚的。

平常總是對我很凶，然而終究是家人。雖然我相當意外也嚇了一跳，還是覺得很開心……在東京時不小心忘記買了，所以給咲姊的伴手禮是在老家的機場買的，早知道就在羽田機場仔細挑選一下。

（總之這樣就能聯絡榎本同學了。我得快點才行……！）

就在這時——手機被人拿走。當我驚訝地看著她時，咲姊面帶微笑說道：

「在那之前，我要再跟你確認一件事。」

「怎、怎麼了？我得快點聯絡……」

「你要聯絡誰？」

「那個，就是榎本同學……」

話才說到一半——突然覺得一股惡寒竄過背脊。

咲姊臉上的微笑好像瞬間降到冰點。我還沒做好心理準備面對這個突如其來的狀況，咲姊已經擺出一副憤怒的表情。

我下意識想要逃走，她便迅速伸手抓住我的腳踝。我被不得了的憎惡之力一把拉倒。摔倒在地之後，她一屁股坐到我的背上。

「嗯嘎啊啊啊……！」

「喂，蠢弟弟！你在日葵看不到的地方搞什麼外遇啊，宰了你喔！」

「外遇？等等，我不知道妳在講什麼……」

「別裝傻了！」

「痛痛痛痛！怎麼了，到底怎麼回事？」

咲姊解鎖我的手機。她為什麼會知道我的密碼啊！

總之咲姊點開應用程式……這是什麼？是LINE的聊天視窗嗎？總之收到大量的照片檔案。看到那個的我不禁發出哀號。

那些都是我跟榎本同學在東京喜孜孜地貼著臉頰自拍的照片。

「等等————！」

我連忙伸手打算搶回手機。

但在碰到之前，又被咲姊拿走了……可惡，這個姿勢害我手臂都伸不直。話說咲姊的體重是不是稍微增加了……？

「為、為什麼那些照片會傳到我的手機……？」

「我怎麼知道。之前凜音瘋狂傳照片過來啊。實在太多了，讓我不耐煩到直接關機。」

這麼說來，榎本同學有說過要將旅途拍攝的照片都傳給我。難道我們去各個景點玩時，拍下的親密照片全都……！

「不對不對不對！說到頭來，為什麼咲姊要擅自看我的手機啊！」

「啥啊？我有留一張便條紙給你，上頭寫著『如果在東京遇到什麼麻煩，就聯絡自己的手機』吧？」

……咦？

見我一臉茫然的樣子，咲姊也皺起眉頭。

「什、什麼？我不知道有那種東西。」

「我有放在行李箱的內袋裡。最方便拿出來的那個地方。學生證之類的也放在一起。」

「…………」

「…………」

現場陷入奇妙的沉默。

我伸出唯一還能動的手，將掉在眼前的行李箱拉過來。開鎖之後把裡面的東西統統倒出來。

接著打開最前面的大內袋，將手伸進去。

……有耶。

裡面確實有一張紙條，上頭也是咲姊的字。買機票跟訂飯店時會用到的身分證件也放在一起。然後還有她要我買的「東京購物清單」。話說清單裡也有我在銀座吃的那個馬卡龍……糟了，這些東西我真的一個都沒買。

見到我獨自僵在原地，咲姊不禁扶著額頭嘆息。

「蠢弟弟……就算突然被綁架到東京，也沒有仔細確認過自己的行李吧。」

「我的危機管理能力太薄弱了真的很對不起……！」

這麼說來，這些換洗衣物之類的都是咲姊幫我準備的吧。

在東京時，榎本同學跟紅葉學姊全都幫我安排妥當，我真的只有注意換洗衣物而已。要是跟著一大群人漂流到無人島之類的話，感覺很快就會死掉……

「你就是因為養成凡事依賴日葵的壞習慣才會這樣……」

「少、少囉嗦。說到頭來，只要妳別協助別人綁架我不就沒事了……」

見到我這麼頂嘴，咲姊緊抓住我的雙腳往後拉。痛痛痛痛痛。拜託不要把我拉成弓式，真的很痛……

「你啊，是不是想蒙混過去？」

「唔……」

沒錯。

我那種廢到不行的野外生存能力一點也不重要。重點在於照片。咲姊對著我露出「唔呵呵呵——」的恐怖笑容。

「蠢弟弟。你露出這些醜態……到底是何居心？」

「是、是榎本同學說要拍紀念照……」

「這絕對不是摯友拍紀念照的程度吧？」

「唔，嗯～還好吧。因為日葵之前也是這樣……」

「我問你。換作是真木島家的弟弟，你也會跟他貼著臉頰拍紀念照嗎？」

「唔唔……！」

例如畢業旅行。

以京都的金閣寺為背景，我跟真木島露出帥氣的笑容將臉頰貼在一起說聲：「一、二、三☆」絕對沒辦法。光是想像就不禁背脊發涼。

「你應該沒有做出背叛日葵的舉動吧？」

「沒、沒有！唯獨這種事，我真的沒有做！」

「真的嗎？」

「真的啦！而且這趟旅行我也有取得日葵的同意了！咲姊，拜託你相信我……」

咲姊拿出另一支手機。

咦？這次是咲姊手機的LINE畫面？她好像點開紅葉學姊傳來的訊息。我看了一下內容，不禁渾身僵硬。

『因為感覺會很有趣～就讓悠悠跟凜音在飯店住同一間房了～☆如此一來他們還能不能維

持摯友關係呢？真是值得注目呢～♪』

喂——！

紅葉學姊竟然跟咲姊打小報告！她肯定早知道事情會變成這樣……痛痛痛痛痛痛痛！所以說不能使出弓式啦！

「蠢弟弟，難道就連住在同一個房間也有取得日葵的同意嗎？」

「這、這……呃……」

沒有取得她的同意。

因為講電話差點就要被她發現時，我下意識蒙混過去。

「但這是誤會啊！雖然住在同一個房間，我們沒有做出什麼見不得人的事！」

「不管有沒有！有女朋友的男人光是跟其他女人在同一間房裡過夜，在那個當下就已經出局了好嗎——！」

「但是遇到那個狀況，你要我區區一個高中生怎麼辦啊！」

「像是明確分開兩人的生活空間之類，總是有辦法吧！」

「原來如此這我真的沒想到！對不起！」

不，即使如此難道是我單方面有錯嗎？

總算從弓式的姿勢獲得解放的我試著反駁。

「話說咲姊也協助別人綁架我吧！難道妳就沒有想到紅葉學姊會做出這種事嗎？」

「我就是想到了，才會把零用錢跟證件放進去啊。你不要無視自己太容易隨波逐流的個性，把自己不擅長管理危機這件事正當化。」

「原、原來如此……不對，既然妳都協助她綁架我，就沒資格說什麼背叛日葵的話吧？」

「…………」

咲姊一屁股坐回沙發上，以無奈的模樣雙手抱胸。

然後用沉靜……卻能明確感受到怒氣的聲音說道：

「做個了結是件很重要的事。」

「了、了結……？」

「如果你能完成一趟名副其實的摯友旅行，那麼『就此結束』。至少為了清算自從四月以來虧欠凜音的『人情』，就必須答應對方的要求。正因為知道有這層原因，雲雀也沒有阻止你們去東京吧。當那傢伙不打算阻止紅葉時，你就該察覺了。」

「…………」

人情。

這幾個月來三番兩次受到榎本同學的幫助。尤其是紅葉學姊在暑假引發的那件事，如果沒有榎本同學說服真木島，我也沒辦法留住日葵吧。

然而我卻從來沒有想過，這些事情全都讓榎本同學抱持期待。

「蠢弟弟，我並不是特別偏心日葵。」

「是嗎？」

「如果你要選擇凜音，那也沒關係。但是我唯獨無法原諒你沒有選擇其中一人，這種半吊子的態度。」

「我、我才沒有半吊子。我已經決定要跟日葵交往了……」

咲姊看著顯示在我手機上的照片。

「喜歡的人既然願意跟自己拍下『這種照片』……那麼凜音會覺得自己還有機會也是理所當然的吧？」

「但、但是……呃……」

我下意識想加以否定，卻打消了這個念頭。

無法否定。因為昨天才被紅葉學姊如此指摘而已。就算我沒有那個意思……就算嘴巴說著「只是摯友」，內心的戀慕之情還是熊熊燃燒。

這樣的心境，我自己也因為日葵而有過經驗。

為什麼會覺得「榎本同學不會這樣想」呢？我愈來愈深刻感受到自己有多天真。

我不禁咬緊嘴唇。

「……我也心知肚明，但是怎麼樣都做不好。難不成因為我跟日葵交往，就要完全無視榎本同學嗎？」

「…………」

咲姊立刻以冷漠的表情回答：

「對啊。」

「咦……」

面對意料之外的答覆，不禁語塞。

「只要你不是可以毫不猶豫地斷言『兩個人我都喜歡！』那種澈底的笨蛋，就必須在兩人之間做出選擇。如此一來，必定會看到沒被選上那個人的眼淚。還以為能夠一直面帶曖昧的笑容，用一如往常的態度相處才是大錯特錯。」

咲姊忿忿地抓起桌上的PORIPPY放進嘴裡。

「我呢，覺得可愛的女生都應該得到幸福。既然你能斷言自己對日葵的心意不會動搖，那就應該儘快讓凜音得到解放。」

「什麼解放……」

「我沒說錯吧？就連現在這個瞬間，凜音說不定都有邂逅其他好對象的機會。你知道這種讓她抱持一絲期望的態度，就是在泯滅這些可能性嗎？」

「…………」

我一句話也無法反駁。

咲姊永遠是對的。就算提起戀愛話題也是如此。

「女生如果白白浪費最漂亮的時光，那可是世界的損失。因此像你這種半吊子的男人便是最不可饒恕的禍害。有聽懂我說的意思吧？」

「……我懂。」

確實像榎本同學這麼可愛的女生，不可能沒有其他男生喜歡她。日葵以前也經常與傾慕她的男生交往。在那當中，想必多的是比我更好的人。

如果為了榎本同學著想……咲姊的話確實沒錯。

「不只是工作，戀愛方面也要果斷一點。如果你多少有在反省之前跟紅葉的那場對決，那麼更應該這麼做。」

「…………」

就是因為我沒有明確做出選擇，才會發生前幾天那樣的騷動。

看到我理解她所說的話，咲姊留下一句：「這件事就說到這邊。」站起身來，把要洗的東西放在水槽之後，準備離開客廳。

「啊，對了。」

這時她轉過身，再次朝我走來。還有事要說嗎？正當我如此心想時，她就拿起那張寫給我的「東京購物清單」塞進我帽T的帽子裡。

「還有這個，無論你用網購還是什麼方式都好，總之給我買齊。知道嗎？」

「咲姊！」

到底有多想吃馬卡龍啊？確實是很好吃沒錯啦！

當我還愣在原地時，咲姊這次真的去打工了。望著她離開的方向，我不禁嘆氣。

（……但是總覺得這番話聽起來莫名真實。）

即使如此，還是不要隨意碰觸比較好。

比起其他人，得先做好自己的事。

♣ ♣ ♣

天亮之後便是新學期的早晨。

昨晚的事……我實在不太願意回想。光是處理手機累積的未讀訊息，時間就這麼過去了。

榎本同學真的把一起旅遊時拍的照片都傳過來了。像是在忠犬八公像前比出V字手勢拍的照片，還有在貓咪咖啡廳拍的紀念照等等。

其他還有好幾張光是直視就覺得靈魂快要出竅的照片，因此全部刪除了……沒被咲姊看見這些真是太好了。

總之，因為咲姊而恢復冷靜的我，回想著這趟東京之旅的自己，立下兩道誓言。

我要向日葵坦承跟榎本同學住在同一間房間的事。

還有要歸還榎本同學至今幫助我的人情，然後──……

我在家裡的洗臉台洗把臉，然後呼出一口氣。映在鏡中的自己已做出備戰態勢，完全是即將上戰場的男人的表情。

我一定要做到。

在東京的那場個展，我學到一個經驗。

「如果沒有率直說出自己的真心話，便無法傳達給對方。」

我必須對日葵說的話。

還有必須對榎本同學說的話。

我要用自己的方式認真去做。夏天已經結束，從現在開始再次回到朝飾品邁進的日子。

總之先來模擬一下抵達學校之後的狀況吧。

按照日葵的個性，肯定會為了盡可能早點與我見面，而在換鞋子的地方等我吧。也有可能會出現在停車場。總之只要一踏進學校，戰鬥就此開始。任何瞬間都不可以鬆懈。

做好上學的準備之後，我打開自家玄關門。

日葵就在眼前。

我的甜心穿著燙得平整的制服，沒有讓我察覺到任何動靜地站在那裡。

「悠宇～☆世界上最可愛的我來接你嘍☆」

水汪汪的藏青色大眼。

在朝陽的映照之下，顯得耀眼眩目的淺色頭髮。

穠纖合度的健康身材，兼具活潑與女性魅力。

猶如妖精一般可愛的日葵對我比出一個感覺跟「啾嗯～」的音效很相襯，史上最可愛的V字手勢。

真不愧是我的女朋友，甚至被藝能經紀公司看上的魔性之女。總覺得她散發出比之前更強的氣場，應該是在榎本同學家的蛋糕店擔任招牌女店員的關係吧。懷著無論何時都有人看著自己的覺悟，將她推向更高的境界了！

……不對，現在不是冷靜進行轉播的時候。

就時機看來，道歉計畫完全出師不利。咦，日葵同學？妳有說過今天早上要過來嗎？不妙。

比起隔了一個星期重逢的欣喜，我更覺得這個驚喜的時間點實在太差了。
沒有察覺這件事的日葵，毫不疑惑地催促我。
「走吧，悠宇。一起上學吧？」
「…………」
在我僵在原地時，日葵也偏頭表示疑惑。
「咦？悠宇，難道你不開心嗎……？」
「……唔！」
我猛地回過神來。
看著純真眼神投射過來的光線，我的心中頓時萌生「就這麼保持沉默……」的邪惡念頭。
……如果我坦承旅行時兩個人住在同一間房，她說不定會就此跟我分手。應該說依照日葵的個性，做出這個決定的可能性絕對比較高。
但是，我也不能繼續裝作若無其事。
（唔喔喔！趁勢行動也很重要！我在個展上學習到這一點！）
於是我下定決心，當場對著她下跪磕頭。
「我有一件事必須向日葵同學稟報！」
「咦，什麼什麼？突然下跪好可怕……」

「關於我去東京旅行的那件事……應該說是關於當時住宿的飯店！」

「嗯、嗯。怎麼了嗎？」

我盡可能簡單扼要地向退避三舍的日葵說明。

「其實因為紅葉學姊的惡作劇，只幫我們訂了一間房……所以我跟榎本同學是住在同一間房裡。之前講電話時忍不住對妳說謊了，真的非常對不起！」

「咦……」

日葵頓時語塞。

我的額頭抵著地板，等待她做出審判。心臟怦咚怦咚地激烈跳動，汗水也從鼻子滴落。

（她、她會怎麼做呢……？）

首先應該是那個吧。物理攻擊。

犬塚家基本上是軍人個性。無論是祖父還是雲雀哥，都秉持著只要做了壞事，就要確實給予懲罰的教育理念。

也就是說惹日葵生氣時一定會受到制裁。我趁著昨晚模擬了好幾種狀況，也做好甘願接受懲罰的覺悟——……

（……咦？）

然而無論過了多久，制裁都沒有降臨。日葵該不會已經默默走掉了吧？我悄悄抬起視線，幸

好日葵還在眼前。

但是那雙藏青色的大眼睛，接連滴下一顆顆碩大的眼淚。

這與想像中相去甚遠的反應，讓我完全亂了陣腳。不對，等等……是說……咦？她哭了……咦咦！

「…………………唔！！」

我還以為會是「你這個發情的小狗，我要讓你認清到底誰才是飼主啊啊啊啊！（怒髮衝冠）」之類，或是「好喔，那我找哥哥來嘍？（黑暗微笑）」之類的模式！

日葵似乎也察覺自己在哭，驚訝地拭去淚水。

「咦？我怎麼……會哭呢……？」

「那個，日葵同學？妳、妳先冷靜一點……」

「啊，這樣啊……原來如此。」

「等等——！真的等一下！日葵，妳先好好聽我說……」

「噗嘿嘿！」日葵笑了。

明明是跟暑假時一樣的笑容，為什麼現在看起來格外令人心痛呢……

「也是啦。畢竟是跟可愛女生兩個人單獨旅行……你只是假裝跟我交往，其實真正的交往對象是榎榎吧？」

「所以說不是這樣——！妳不要這麼著急——！」

看來我好像被她當成腳踏兩條船了。

這傢伙最近看太多愛情戲了吧。現實當中有誰會去做這麼麻煩的事啊。還讓我忘記自己是要向她道歉的立場，忍不住吐槽……

「更何況妳之前也是這樣！日葵，妳時不時就拿自己跟榎本同學相比，擅自覺得自己比不上她吧？我也說過我喜歡日葵……」

「還不是因為榎榎比較可愛，胸部又大還會煮飯而且有命運的牽引～……」

我愈來愈無法跟上「嗚哇啊啊啊！」哭了出來的日葵。

這傢伙平常表現出那種若無其事的感覺，一旦到了關鍵時刻，內心其實很脆弱。這樣的個性也好可愛……不對，現在不是放閃的時候！

「等、等一下。日葵，等我五分鐘就好！」

對著擅自迎來劇情高潮的日葵如此說完，我連忙衝出家門。

橫越眼前的兩線道馬路（還被經過的車子按喇叭），衝進便利商店買下那個東西。

「日葵。妳喝一下這個！」

「咦……」

那是鋁箔包Yoghurppe。

自從日葵會來我家之後，咲姊就有進貨。我插下吸管拿給她喝。

吸光飲料的日葵搭配著「噹噹！」的音效在臉旁邊比出V字手勢。

「日葵美眉復活☆」

「心情也切換太快了，到底是怎樣……」

真不愧是犬塚家一族，完美切換自己的幹勁。這已經不是乳酸菌好厲害的程度了……

日葵一邊將喝完的鋁箔包折起來一邊開口：

「所以呢？」

「咦？」

她半瞇著眼睛，說得十分直接：

「做了嗎？」

「怎麼可能啊！」

畢竟這也引來咲姊的誤會，所以她會這麼想也是無可厚非！

「我們之間真的什麼都沒有！我向神明發誓……不，我向雲雀哥發誓！我們只是住在同一間房裡，日葵擔心的那些事真的都沒有發生！」

「…………」

日葵的目光像是打算看透我的真心。

沒、沒事的。因為真的什麼事都沒發生，我想日葵一定也能——

日葵露出燦爛的笑容。

（太好了！她願意諒解……嗯嗯？）

我才感到鬆一口氣——不知為何日葵的表情又變得消沉。

（咦，果然還是不行嗎！）

我連忙雙手合十，對著她深深低頭。拜託了，日葵大人，請體諒我的心意吧！

「…………」

日葵頻頻用視線確認我的模樣。我只能乖乖低頭，不斷反覆默唸：「我的心意啊拜託傳達出去吧。」

這時終於——日葵露出滿分的笑容開口：

「好吧。我就原諒你♪」

「萬分感謝！」

日葵真是太溫柔了！

多棒的女朋友啊！竟然背叛這樣的日葵，我真是個罪孽深重的傢伙。真的很對不起。

當我鬆了一口氣時，日葵一邊撥弄瀏海一邊說道：

「真是的～既然是這樣，之前講電話時直說就好啊～」

「那時候我才剛起床，一不小心……」

日葵露出微笑。

簡直有如聖母。我甚至能夠看見她的背後散發光芒。她用雙手抱住我的臉頰，大發慈悲地對我說道：

「既然是紅葉姊的惡作劇就沒辦法了，悠宇應該也很辛苦吧？別擔心，我不會因為這種事討厭悠宇的。」

「日、日葵……！」

我伸手抱住她的腰。

「對不起。真的很對不起……」

「嗯呵呵～悠宇，不用怕成這樣啦～」

她一邊溫柔撫摸我的頭，接著說出關鍵的一句話。

「因為我可是悠宇的命運共同體（共犯）啊☆」

見她展現出壓倒性的寬容大量，我不禁對自己感到羞愧。

沒錯。日葵總是這麼理解我。我怎麼可以不信任日葵呢？

日葵抓住我的手腕。

「我們一起上學吧？」

「嗯。好啊。」

我站起身來。

跟日葵一起邁步走在照進玄關的溫暖陽光下。

「悠宇。你喜歡我嗎？」

「當、當然喜歡啊……」

「世界上『最喜歡』嗎？」

「那還用說……這個世界上最喜歡妳了。」

她還是一樣逼我說出這種害羞的話，讓我感到十分難為情。

日葵稍微踮起腳尖，在我耳邊輕語：

「雖然不到三十歲，還是跟我在一起吧？」

「咦……」

心跳加速的我轉頭一看，對上日葵有如惡作劇的表情。

雖然不到三十歲，還是跟日葵在一起？一想到這句話的含意，我的臉也熱了起來。

「哎、哎呀，那個……放眼將來的話是有那個打算，但是現在再怎麼說……那個……」

日葵直直望著我。

「不行嗎？」

「不，也不是不行，就是……」

我連忙抓住日葵的肩膀。

「日葵。跟妳的這段關係，我當然會負起責任……」

「…………」

嗯嗯？

正當我滿臉認真打算說些什麼時，發現日葵的肩膀開始抖動。這個瞬間，我總算察覺……

啊，這是平常的那個吧。

日葵誇張地噴笑。

「噗哈～～～～～～！」

「…………」

只見她以萬分開心的表情戳戳我的鼻尖。

「嗯呵呵～悠宇，再怎麼說也太著急嘍～我知道你太喜歡我，但是學生不能結婚喔♪」

「還不是妳說的！」

見到我久違承受「噗哈！」的致命攻擊，日葵則是心情很好地加以追擊。

「就這樣一筆勾銷吧♪」

「萬分感謝……」

我果然贏不過日葵。

就某方面來說，這樣迎來第二學期確實很有我們的風格，我也不禁覺得有些懷念。

往後也能一直跟日葵過著開心的日子就好了。想必也會遇到很多麻煩，但是最後總是能圓滿落幕吧。

……當時的我確實是認真地這麼想。

♣ ♣ ♣

我推著腳踏車與日葵一起上學。

「話說回來，悠宇。我想聽你說說在東京發生的事耶。」

「嗯，我也要跟妳報告。」

在東京發生的事。

首先要報告的，當然就是跟天馬還有早苗小姐的那場個展。在紅葉學姊的介紹下認識的兩位東京創作者。他們隸屬於藝能經紀公司，原本也都是偶像團體的成員。

「我在那場個展得到了很棒的經驗。他們在市中心租下場地，也讓我見識到他們擺設以及販售的知識。全都是我在這邊絕對學不到的東西，超有意義。」

那趟東京旅行確實起於綁架，但是最後得到的都是對我有幫助的東西。本來還很擔心紅葉學姊宣示要「破壞我最重視的東西」，不過我自己反而認為是得到了類似身為創作者，能夠更上一層樓的契機。

「但我總覺得不是只有技術，對待飾品的心態才是我這趟最大的收穫。」

「對待飾品的心態？」

「該怎麼解釋才好呢，應該可以說是對話能力吧。與客人溝通、與飾品對話……我總覺得自己至今缺乏的積極性就在這裡。」

天馬與早苗小姐。

我認為那兩個人與我決定性的差異就在這裡。他們了解客人，也熟悉自己的飾品。不只是一味追求提升技術，其他還有很多能做的事。

「俗話說打鐵趁熱，我很想立刻活用學到的事物。但是我們『you』的販售模式基本上是以網購為主啊。」

我握緊拳頭。

想將學到的東西化為己有。為此可以馬上做到的事是什麼呢……正當我如此心想時，身旁的

日葵臉頰突然發紅。

「悠宇超熱血的。好喜歡……♡」

「謝、謝謝……」

我的天啊～

跟榎本同學的那場騷動才稍微平息一點，導致我現在跟不太上日葵的情緒。這就是經歷過夏日戀愛冒險的反作用嗎……

當我獨自流下冷汗時，日葵笑咪咪地說聲：

「這邊類似義賣會之類的活動也不多，可能要好好思考一下吧。我也會去問哥哥，看他有沒有什麼建議～」

「真的假的，實在是幫了大忙。」

日葵一臉得意地說聲：「誰教我們是命運共同體嘛～」即使夏天結束，女朋友的可愛程度依然絲毫不褪色。

「悠宇，關於紅葉姊介紹的創作者呢？」

「啊，妳說天馬跟早苗小姐啊……嗯。雖然還沒跟他們聯絡，但是我剛才已經在LINE加他們好友了，最近就會……」

這時，手機湊巧響了起來。

拿起來一看，立刻就收到天馬傳來的訊息。

『能夠順利回家真是太好了。下次換我去那邊找你玩吧。快到寒假的時候，再告訴我哪幾天有空。』

一點也不矯飾，自然又令人舒坦的一句話，在在表現天馬的為人。不到一小時前才加他好友，沒想到這麼快就傳訊息給我……不，先不論這一點，現在還有別的問題。

日葵一臉茫然的樣子。

「……咦，那個人是藝人吧？他是不是若無其事地約你下次見面？」

「……嗯。他現在是演員，好像也很積極參加舞台劇之類的工作。」

天馬的社交能力更在日葵之上，甚至與演出黃金時段電視劇的女演員也有交情。這樣的人竟然說還想跟我見面……

這時日葵突然把我抱住！

「真不愧是悠宇～！有眼光的人果然就會知道你有多厲害～！」

「等等，日葵！不要突然把臉頰貼過來！」

別在大庭廣眾之下做這種事，好難為情！

話說比起這個我得趕快回覆才行！就在我們手忙腳亂之時，學校已經近在眼前。不過暑假期間我也有過來，所以沒有特別感到懷念就是了。

把腳踏車停在停車場後，我們到換鞋子的地方更換室內拖鞋。

總覺得光是跟日葵之間的關係變化，要踏入教室都會覺得超級緊張……正當我想著這些事時，身後傳來很有朝氣的招呼。

「啊哈哈。哎呀哎呀，兩位小情侶，近來可好啊？」

「啊，真木島……」

突然被他從背後搭肩，我不禁踉蹌了一下。

一頭褐髮的輕浮男……真木島面露笑容，拿著折扇輕戳我的頭。

「嗨，小夏。旅行玩得開心嗎？」

「……多虧某個人擬定奇怪的計畫，真的把我害慘了。」

真木島以不把這種嘲諷放在心上的模樣笑了。

「對了，我有話要跟小夏談談。」

「不了，我沒什麼話想跟你談。」

「哎呀，別這麼冷漠嘛。東京旅行那件事，我也感到很抱歉。我實在不想協助那種殘忍的手段啊。」

「你明明就樂在其中，還好意思說……」

真木島笑了一聲，在我耳邊低語：

「是跟小凜有關的事。你應該不想被日葵聽到吧？」

「……咦？」

我不禁抖了一下。

榎本同學……沒錯。我有話要跟榎本同學說。聽到真木島這麼說，直到剛才與日葵之間的雀躍心情也隨之消散。

我對著感到費解的日葵擠出僵硬的笑容。

「日、日葵。我要跟真木島談談，妳能先進教室嗎？」

「嗯。是沒差啦……」

日葵一臉厭惡地看著真木島，就這麼走上階梯……她心裡大概是想著：「真木島同學八成又打算做些無謂的事吧～」

等到看不見日葵的身影，真木島用折扇抵著我的背。我有種被手槍槍口抵住的感覺……

「好啦，我們就來一場暑假的『檢討會』吧？」

♣ ♣ ♣

於是我們來到走廊角落。

我被真木島逼到一個滿隱密的地方。把我趕到牆邊的真木島用折扇遮住嘴角輕笑道：

「啊哈哈。暑假回來就跟元配相親相愛一起上學，真是了不起呢。」

「怎、怎樣啦？這跟你沒關係吧……」

「話不是這麼說，事情可沒有那麼簡單。在我的計畫當中，可沒有那種讓觀眾感到無趣的休息時間。」

「就算跟我述說你的計畫，也只會讓我傷腦筋……」

這傢伙到底又在策劃什麼？

見到我如此警戒，真木島用折扇「啪啪啪！」輕拍自己的手說道：

「話說你們那趟東京旅行，好像發生了什麼有趣的事啊？」

「夠了，你如果有話要說，那就乾脆一點吧。」

真木島大嘆一口氣。

「真是的，這麼不識相的男人可是會被討厭喔。」

「少囉嗦。反正我也沒有打算受到女生歡迎，隨便。」

「算了。總之小夏，關於你跟小凜的『約定』，我想問問你的意見……」

「……唔！」

約定——聽到這兩個字，我不禁抖了一下。

那是我在東京參加天馬他們的個展前一天的事。一直無視榎本同學意願的我，與堅持不想讓我去參加個展的榎本同學立下的約定。

「我，夏目悠宇，如果沒在天馬他們的個展把飾品全部賣完，就跟榎本同學交往。」

「如果小悠能夠在個展上把飾品全部賣完，我，榎本凜音就既往不咎，而且不再要求小悠任何事。」

我的體內深處竄起一陣惡寒。

沒錯。我立下了這個約定。

即便是狀況使然，我偏偏賭上與日葵之間的關係挑起勝負。儘管當時正在氣頭上，這肯定也是絕對不能做的事。雖然是一時衝動立下的約定，但是由我主動說出口也是不爭的事實。

（滿腦子都是住在同一間房的事，忘記跟日葵說明這件事了……！）

糟糕。死定了。

不過真木島為什麼會知道這件事？榎本同學說的嗎？還是紅葉學姊？不，總之先試著息事寧人。畢竟不知道真木島會使出什麼樣的手段。

「不是啦，真木島。關於那個，該說是誤會……」

「喔？誤會啊。這還真是方便的藉口呢。」

「啊，呃。剛才只是一時口誤……我確實有跟榎本同學約定如果沒在個展上賣完飾品就要跟她交往，而且實際上也沒有賣完，但是這件事還是得從長計議……咦？」

奇怪？

真木島愣住了。一副「第一次聽說這件事」的樣子。完全不像是演技，話說真木島應該沒必要裝傻……啊啊！

「你這傢伙，竟然『套我話』——！」

「啊哈哈哈！笨蛋，我只是稍微起個頭，你就全盤托出啦！」

真木島露出最惹人厭的笑容朝我逼近。

他甚至貼到臉頰快要碰到一起的距離……那個，真木島先生？被男生靠得這麼近，我會很傷腦筋耶。

「這下子事態變得太有趣啦！那個小凜真是的，有這種千載難逢的好機會，眼睜睜放掉未免也太蠢了吧！很好～就由我這個代理人執行吧！」

「哇啊——！笨蛋住手，你想幹什麼！」

真木島揚起壞心眼的笑容。

下個瞬間便轉過身，一面放聲大笑一面離開。這個行動……恐怕是要去跟日葵告狀！

「那麼，你就看著一個夏天的戀情就此消散吧！」

「等等，真木島！等一下——咦？」

就在我正打算追上去的瞬間。

在真木島回頭露出宣告勝利的表情後方……他的前進方向，也就是走廊轉角的另一邊突然伸出一隻纖細的手。

那隻手一把抓住真木島的腦袋。

「嘎啊啊啊啊啊啊！」

使出一記漂亮的鐵爪功。

真木島有如靈魂遭到抽走，就這麼倒在走廊上。不知道這是怎麼回事的我擺出防備姿態的瞬間，一名黑髮女學生從走廊轉角探出頭來。

那是榎本同學。

那頭帶著點紅色的黑髮今天也是這麼美。大概是直到不久前都很幸運地看著她的便服打扮，反而覺得學校的夏季制服看起來感覺很新鮮。而且那對胸部依然有著輕薄背心無法掩蓋的破壞力……咦？

沒看到她一直戴在右手手腕的曇花手鍊。

真是難得。榎本同學平常總是片刻不離身……正當我想著這些事時，她朝著真木島的屁股踩

了下去。

只見榎本同學用冷漠的目光俯視真木島。雙手抱胸的動作導致巨大的胸部變得更加醒目，讓人無法直視。

「小慎，你在做什麼？」

「小、小凜，我看妳是真正的笨蛋吧？為什麼遇到這個狀況卻是把矛頭指向我……？」

她一腳接著一腳踩他的屁股。

真木島剛洗好的制服長褲就此留下室內拖鞋的腳印……

「我說過要你別多管閒事。聽阿姨說你怪怪的便急忙跑來，看來這麼做是對的。」

「咕，即使如此，普通來說會一遇到就使出物理攻擊嗎……？」

咦咦……

看著眼前過度激烈的溝通，我避之唯恐不及地遠遠望著他們。

這時榎本同學的視線看了過來。

我不禁抖了一下。

她應該有聽到真木島剛才說的話吧？也就是說，她理應知道我沒有把飾品全部賣完。

……不，事到如今再想這些已經太遲。無論如何，我都打算向榎本同學實話實說。

做個深呼吸之後，我把話說得很清楚：

「榎本同學。個展第二天我沒能把飾品賣完。」

「…………」

榎本同學只是一直盯著我。

跟平常一樣面無表情的冷漠模樣……別說做出任何反應，感覺像在催促我說下去。

「至於那個約定——」

「算了。」

「榎本同學應該會無法接受，但是我…………咦？」

不知道是否聽錯，我只能看著榎本同學。

榎本同學以冷淡的態度繼續說道：

「那個約定就算了吧。我已經放棄小悠了。」

「…………」

這個意思……根本用不著多想。榎本同學的意思是要放棄與我的這段初戀。

當我不知道該說什麼時，榎本同學面露微笑朝我走來。那個笑容實在太過美麗，讓我都忘記自己身處的狀況而看得入迷。

就在我看得入迷時，腦袋被她猛力抓起。

「嘿！」

「嘎啊啊啊啊啊啊啊啊啊啊啊啊啊啊啊啊啊啊啊啊啊啊啊啊啊啊啊！」

遭到威力特別強大的鐵爪功攻擊，我就這麼倒在真木島身上。

……唔喔喔喔，真的超痛的。那股力道就像身體要被捏爆一樣。這比她在東京的攻擊帶著更深的怨念！

榎本同學拍拍雙手，冷漠說道：

「就此『一筆勾銷』。」

「好、好的。真的很謝謝妳……」

聽到我好不容易擠出這句道謝，榎本同學便抓起真木島把他拖走。

離開時也一樣既冷漠又可愛。看著她的背影……感覺內心湧上難以言喻的心情。

♡　♡　♡

跟小悠道別之後，我帶著小慎前往教室。

途中我把手放在胸前嘆了一口氣。回過神來，這才發現掌心沁出不舒服的汗水。

（……沒事的。我應該表現得跟平常一樣。）

跟在身後的小慎打開折扇，發出討人厭的「啊哈哈！」笑聲。

「小凜。這真是一副勉強自己的樣子啊。」

「一點也不勉強，小慎吵死了。」

「別這麼說啊。妳其實很在意自己跟小夏一決勝負的結果吧？畢竟這對小凜來說是千載難逢的好機會吧？」

「……………※」

我一個轉身，捏住小慎的耳朵用力扭下去。

「痛痛痛痛痛……！小凜，就算內心想法被人說中，也不要訴諸暴力好嗎！」

「才沒有被你說中。小慎才是不要以為自己總是正確的比較好喔。」

「哼！」小慎冷笑一聲。他用折扇搧了搧我的頭髮，同時用討厭的聲音開口：

「話雖如此，當妳看到小夏時感覺好像很開心呢。希望他別發現妳講話的聲音有一點點～拔高就好了。不過小夏在關鍵的地方總是很遲鈍，我想應該沒問題吧，可是這樣也滿讓人火大的對吧──────？」

「……………」

嘿！

我加重捏住耳垂的力道，小慎便發出「嘎啊啊啊啊！」的難聽哀號。這時剛好抵達小慎的班上，我便打開教室門將他扔進去。

拍了拍雙手，瞪著一屁股跌坐在地的小慎說道：

「小慎不要再多管閒事了。要不然……」

「不、不然怎樣？事到如今要是以為區區鐵爪功就能阻止我……」

「呵！」我笑了一聲，從書包裡拿出黑色的方形袋子。

這個瞬間，小慎睜大雙眼吶喊：「什麼！」連忙翻找自己的書包，這才發現裡面沒有那個應該要有的東西。

「要不然今天早上小慎忘記拿，阿姨交給我的便當就由我好好享用嘍。」

「等等，小凜！這也太卑鄙了！」

「這樣真的好嗎？聽說今天的配菜是小慎最喜歡吃的加了軟骨的漢堡排喔。而且小慎，你才買了一雙新的網球鞋，現在滿缺錢的吧？要是沒有這個便當，你很快就會肚子餓，根本撐不到社團活動吧？小慎這麼認真面對社團活動，這樣有違你的原則吧？」

「咕、咕唔唔唔……！」

小慎似乎很懊悔地朝著便當伸手。

但是他的手在途中停住。

小慎輕嘆一口氣站了起來。

「我之前就這麼想了，妳是貨真價實的笨蛋嗎？剛才說的那個什麼約定，妳為什麼要特地主動取消這件事啊？好不容易掌握這個機會——」

「『那個』不是重點。」

聽到我打斷他的話，於是露骨地咋舌。

「……我完全無法理解妳的想法。不過是輸給他對飾品的熱情，為什麼要連戀人的寶座都放棄啊？怎麼想都是兩碼子事吧。」

「那是因為小慎『很聰明』，才有辦法這麼想。」

他用折扇指著我的胸口，嘴角揚起笑容。

「小凜說的終究只是膚淺的自我防衛罷了。其實是因為輸給日葵心有不甘，所以才將那個對象換成他對飾品的熱情什麼的而已……既然如此，我就幫妳現出原形。」

「……你想做什麼？」

「哈！」小慎笑了一聲。

「我就來幫妳準備一直以來極為想要的『戀人寶座』吧。究竟看到眼前掛著一塊肉時，肉食動物還能不能忍耐呢？我真想見識看看。為此……首先要讓日葵跟小夏分手才行呢。」

「我就說了不要多管閒事。」

「你想阻止我也行。『前提是妳真的有辦法』啊。」

如此說完便朝著自己的座位走去。

看到這一幕，我也走向自己的班級。小慎從小個性就很乖僻，真令人傷腦筋。就算做出那種事也沒有意義。因為我已經下定決心認同小悠對飾品的熱情並選擇退讓了。

（……我不會輸給小慎的。我可『不能妨礙小悠』。）

懷抱這份決心，我舉起手臂加以振作。

♣ ♣ ♣

跟真木島他們分開之後，我也來到自己的教室。

（因為榎本同學的事，腦袋一片混亂……）

榎本同學放棄與我的這段初戀。

這件事本身沒問題。畢竟那本來就是我期盼的發展。但是什麼話都沒說就此解決的感覺，而且還澈底忽視咲姊說的「還榎本同學累積至今的人情」。真的可以說聲：「啊，好喔。」結束這件事嗎？然而榎本同學既然整理好自己的心情，那麼我也多說無益吧……

（話說肚子真的好痛……！）

超痛的。這是怎麼樣?之前也好幾次拒絕榎本同學的告白，但是與現在這種感覺無法比擬。罪惡感快壓死我了……

我回到自己的座位坐下，隔壁的日葵立刻靠過來發問：

「你剛才跟真木島同學談了什麼?」

「啊~……」

剛才發生的那些事，實在無法跟日葵坦白。

「呃，他、他說過了一個暑假我們還是這麼恩愛……」

我沒有說謊。當我擷取極為片面的談話內容後，日葵很乾脆地接受了。

日葵興奮地喊著：「呀啊~」不斷拍打我。

「咦咦~！是喔是喔~！當然看得出來吧~！那傢伙無疑是個混帳，但在這方面總是特別敏銳嘛~！就算想低調也看得出來啊~！哎呀，我們就是會散發那種氣場嘛~♡♡♡」

「日葵同學?欸，日葵同學?」

咦，她打算在學校也這麼做嗎?我希望低調一點耶。能不能不要一直冒出「♡」啊?

周遭的同學們也紛紛以「怎麼了怎麼了?」的感覺觀察我們的互動。直覺敏銳的女生們甚至開始悄聲說出：「終於做了嗎?」「應該做了吧。」「我們是摯友(得意)。」……真的拜託妳們別再說了。接二連三的黑歷史快把我殺死了。

因此我只能想著「算了，船到橋頭自然直。」，並從書包拿出課本等東西收進抽屜。

……跟榎本同學之間的事姑且到此告一段落，總之沒問題了。問題在於……

「請問犬塚同學，促成兩位交往的關鍵是什麼呢？」

「哎呀～♡應該是因為我這麼可愛，以及足以克服困難的奉獻之愛吧～♡啊，幸運道具是向日葵花田喔～♡」

「原來如此。兩位一直以來的摯友關係也因此劃下句點，請問妳對此有什麼想說的嗎？」

「嗯～♡感覺是有點寂寞，但是這也沒辦法吧～♡應該說命運打從一開始就是這麼安排吧？雖然繞了點遠路，但也萌生更加堅定的羈絆呢～♡」

日葵在班上女生們的團團圍繞之下舉辦記者會。

班上同學也都像在舉辦祭典一樣喧鬧不已，簇擁身處中央的日葵。

「…………」

這是什麼狀況？日葵之前跟學長或其他人交往時，大家完全不是這種感覺吧。這麼團結是怎麼回事？是針對我的羞恥玩法嗎？

當我因為各式各樣的情緒混在一起變得很想死時，班上的男生們靠了過來。他們搭著我的肩

膀，對我露出快哭出來的笑容。

「恭喜你。」

「夏目同學，我一直相信你是個在關鍵時刻就會放膽去做的男人。」

不，現在這是怎麼樣？

拜託不要突然跟我握手，還讚許我的英勇表現。我不記得有跟你們比試過什麼耶？

不知為何我們就這樣被同學們瘋狂拍照，然而深感疲憊的我覺得一切都無所謂了。

♣ ♣ ♣

自從我與日葵兩人在第二學期華麗出道（？）之後過了幾天。

這天我也是一臉憔悴地在上課。為什麼會變成這樣？一切都是因為日葵變得很麻煩。

例如這一天的古文課……

「悠宇。來，我的課本分給你看♡」

「…………」

在我做出回答之前，日葵就將兩人的桌子緊密地靠在一起。感覺好像發出類似格鬥遊戲的打擊音效，沒事吧？我的桌子沒有裂開吧？

教古文的老爺爺老師推了一下眼鏡。

「夏目同學，你沒帶課本嗎～？」

「啊，不，我有……」

正當我要說出「有帶」的瞬間。

身旁的日葵朝我投來非～～～～～常悲傷的視線。敏銳感受到這一點的我無關自我意志，逕自開口：

「是的。我，沒帶，課本……」

我的語氣超級僵硬。

「噗！」坐在前面的男生笑出聲來，害我的臉頓時發熱。但是身旁的日葵似乎相當開心地拍打我的大腿，所以ＯＫ……

老爺爺老師不在乎我的奇怪語氣，拿起手邊的筆記本。

「那麼忘記帶東西，扣一分喔～」

「咕啊……！」

我們的古文課堂表現採取扣分制。順帶一提，如果扣滿十分，就要在放學後打掃大家換鞋子的區域。這下子絕對要拉日葵一起打掃……

日葵沒有放在心上，同時露出心情絕佳的笑容。

「嗯呵呵～悠宇是不是太喜歡我啦～？」

「是啊……」

天啊，我太懦弱了。要是再繼續回應日葵卿卿我我的要求，感覺學校會變得亮晶晶……

課堂持續進行，這時老爺爺老師環視教室一圈。

「呃～……那麼，就讓夏目同學回答一下這段的白話文吧～？」

「啊，是。」

我看看……老師說的地方是《竹取物語》的開頭。

「老翁訖怪，趨之以視，見其筒中，有光出矣。更復察斯，則有美人，身長三寸，居於其中」。

這是相當著名的內容吧。應該說一年級時也有教過。這次好像要上《竹取物語》中間的部分，所以算是複習吧。

我想想。「訖怪」用白話文說是「覺得奇怪」。雖然古文用「美人」表達相當美麗的意思，但是這時的輝夜姬還是嬰兒，所以應該用相當可愛比較貼切……雲雀補習班真是太可怕了。已經是三個月前讀的東西，竟然直到現在依然深深刻在腦子裡。

我站起身來，回答老師指定的地方。

「呃……『他覺得奇怪並走近一看，竹筒竟然在發光。再仔細看了一下，發現有個身高約三寸而且相當可愛的人坐在裡面』……這樣。」

老爺爺老師點了點頭。

「嗯嗯。很好很好～給你加一分，這樣就跟剛才的扣分抵銷了～」

「哇啊，謝謝老師！」

太幸運啦～！

不過，老師要我回答這個簡單的問題，應該只是補救措施吧。真不愧是人稱活菩薩的老師。人超好的……

於是我坐回座位。

「嗯嗯？」

無意間看到日葵在筆記本寫了一句奇怪的話。

『我跟輝夜姬誰比較美？』

我轉頭看向日葵，她一副「呀啊，忍不住就問了！」的感覺，伸手摀著臉頰十分害羞的樣子。雖然可愛得要命，但是現在的情緒實在難以承受。

「…………」

見到我完全不理她的樣子，「啊！」日葵好像頓悟了什麼。與此同時，那雙藏青色的大眼睛變得濕潤。

……啊，我懂了。這是那個。「悠宇該不會是對我感到厭煩了吧？」的意思。最近只有我變得比較冷靜，所以不太會陪她起鬨……

（不、不對，也不能這麼說……啊啊，可惡！）

我用力嘆氣。

這種事根本不用特地發問。比起沒見過面的公主殿下，當然是我的女朋友比較可愛。

我做好覺悟，拿起自動鉛筆流暢寫下回覆。

『當然是日葵比較美。』

日葵的表情頓時發亮，並且回覆我的答案。

『真的嗎？』

『真的是世界第一美人。』

『再多說一點♡』

多說一點？

『日葵比較可愛。』、『真的超可愛。』、『想在上課時偷偷親熱的日葵可愛得要命。』、『應該說一邊看著這些回覆還能精準抄板書的日葵也好聰明好可愛。』、『等一下會借我抄筆記的日葵有如聖女般神聖超可愛。』寫到這裡我翻到下一頁。『我能秉持像這片純白筆記一樣純淨的心說妳真的很可愛。』、『好可愛好可愛好可愛。』、『日葵如果不可愛我就無法理解還有什

麼東西可愛。』、『開始覺得害羞得耳朵發紅的日葵也太可愛了吧。』、『其實會為了我準備便當讓我好在午休時間吃的日葵超可愛。』、『最近煎蛋捲真的做得愈來愈好吃的日葵實在是超棒的女朋友。』、『暑假時有點曬黑的肌膚看起來很健康感覺很可愛。』、『啊，妳能再綁一次一起去夏日祭典時的髮型嗎？拜託。』、『希望只有我們兩人獨處時再綁短馬尾。』、『好可愛好可愛好可愛好可愛好可愛好可──』

自動鉛筆從我的手中滑落。

唔，不行。再寫下去我的手要得肌腱炎了。對飾品創作者來說，這是絕對要避免的狀況。

就在我想投降的瞬間，日葵儘管有些害羞，還是由下往上抬起視線，用自動鉛筆寫下：

『再一句♡』

可惡！

我沒辦法再寫了……手腕已經到達極限，怎麼辦？啊……對了。既然不能動筆，直接說出口不就得了！

「當然是日葵比較可愛……嗯嗯？」

這時……我發現四下籠罩在莫名的寂靜之中。

當我覺得奇怪而環視四周，看見班上同學們的目光緊緊盯著我們。還有些女生甚至竊笑了起來……這麼說來，現在正在上古文呢。

老爺爺老師露出慈祥的微笑說聲：

「『犬塚同學』回答一下這個問題吧～？」

「…………」

我看向日葵，只見她慌慌張張地翻著課本。嗯哼～我看這傢伙沉迷在我的深情留言裡，沒在聽課吧？

日葵拿課本遮住嘴巴，滿臉通紅地從實招來。

「我沒聽到……」

老爺爺老師以溫和的動作在手邊的筆記本寫字。

「兩個人都扣十分好了～」

對不起。我們真的太得意忘形了……

看來就算是日葵魔法，面對相思病時還是會失去效力。

♣
♣
♣

放學後。

我們打掃完畢換鞋子的區域，一起走向科學教室。

「欸，悠宇。你的出路志願怎麼寫～？」

「喔～這個啊……」

我從書包裡拿出標題寫著「第一學期出路志願調查表」的單子。

這是導師在今天的班會上發的東西。這間學校從二年級第二學期開始進行出路指導。我們並非特別致力於升學的學校，因此其他學校應該也是一樣。

根據二年級第二學期開始進行的出路指導，將會影響三年級的分班。大致上分為就職組與升學組（我想這應該也是常態），至今都是一起上課的普通科課程也會出現一些差異。

「日葵交了嗎？」

「嗯。已經交嘍。」

「好快！妳不再多想想看嗎？」

「咦～打從一開始就是再怎麼煩惱也沒什麼意義吧？反正只是確認學力與出路志願的平衡

而已。」

「嗯，這確實是以之後還會變更為前提啦……」

即使如此，能夠這麼乾脆就交出去的日葵還是很冷靜。難以想像她跟暑假剛結束時因為胡亂臆測我與榎本同學的關係而哭天喊地的傢伙是同一個人……

「話說妳現在的出路志願寫了什麼？」

「呀啊！」日葵擺出害羞的動作。

「悠宇的新娘♡」

「欸，這是在開玩笑吧？應該不是真的吧？」

「咦，被你否定成這樣感覺很受傷……」

「不是啊，再怎麼說也太誇張……」

「噗哈！」日葵笑了。

……啊，太好了。好像真的只是開玩笑。

「總之先升學吧～」

「咦，是嗎？」

「悠宇為什麼這麼驚訝？」

「呃，因為我以為日葵也會選擇就職……」

日葵愣了一下。

「我打從一開始就打算升學喔。」

「真的嗎！」

「咦？我沒說過嗎？」

「嗯、嗯。應該……沒說過……」

因為我打算畢業後就開始工作，才會以為日葵也是。不過這只是我自以為是的想法。

「這、這樣啊。既然是日葵的話，應該可以推甄上不錯的學校吧。」

我們學校說到「升學」，大多都是指定學校的推甄。

進入這個城鎮附近有合作關係的大學，然後考取證照之後畢業的感覺。由於大部分都會推甄附近的保健大學，所以說真的，我不太想走升學這條路。而且那樣無法離開故鄉。

日葵也沒有念護理系的打算，所以應該會去能搭電車通勤的學校吧。我是這樣想的……

「哎呀～一開始我也是這麼打算的～但是最近有點想以外縣市不錯的大學為目標耶～」

「咦？為什麼！」

看我不禁大喊出聲的反應，日葵感覺像是贏了一招，得意洋洋地挺胸自豪說道：

「噗哈哈～哎呀～我一開始也想說念縣內的學校，但是最近有點不同的想法啊～所以覺得好好學習一下好了～」

「學習什麼？」

「當然是學習對於販售飾品有幫助的東西啊～那還用說！」

她拍了一下我的頭。

聽她這麼說，我稍微放心了。原本還以為她找到比起販售飾品更想做的事……

然而與此同時，我的內心還是有點不安。

「但是妳說外縣市……那麼飾品銷售怎麼辦……？」

「當然還是會繼續做下去啊，不用擔心！雖然屆時不可能維持現狀，但也不是完全不再接觸這個工作。只要悠宇有做出新作品，模特兒當然還是我！」

她先是很有精神地這麼宣言，然後才以有點寂寞的感覺說道：

「但是，到時候見面的次數可能會變少吧。我當然也會感到寂寞，不過既然『為了未來著想』，總是必須面對這種狀況吧？」

「…………」

我從來沒有想過這些事。

還以為就算畢業也能跟現在一樣，一直跟日葵努力下去。就連在東京的個展上，天馬對我說「往後也想一直一起合作」時，我也是立刻想到自己會跟日葵在一起，所以無法答應他。

（不過，原來如此。日葵看到的未來比我遼闊許多啊……）

我嘆了一口氣。

「謝謝。日葵一定會很順利的。」

「對吧~？我唯一的優點就是靈巧嘛~」

一邊「啊哈哈！」發笑，日葵一邊牽起我的手。

「所以直到畢業之前，就來做些只有現在才能做的事吧？」

「只有現在才能做的事？」

聽到我的反問，日葵可愛地抬眼說道：

「像是『高中期間都要以我為最優先』之類？」

這確實很像是日葵會有的要求，讓我不禁苦笑。

「原、原來如此……」

「我知道了。我不會讓日葵感到寂寞的。」

我們彼此都不好意思地笑了。

總覺得好肉麻。而且約定將來這種事，不管做過多少次都會很害羞。

我們一邊想著「糟糕~現在超想接吻~」（日葵肯定也這麼想），終於抵達科學教室。

（我不知道未來會怎麼樣，總之先努力做好眼前的事吧。）

對我來說，眼前該做的——當然就是「you」的工作。

十一月有校慶。

我們預計以園藝社的名義參加活動。

日葵邊用手機回顧去年校慶時的照片邊說：

「去年是跟書法社合作，一起舉辦和風展覽呢～」

「我今年想辦飾品的販售會耶。這個機會可以實踐從天馬他們那場個展學到的東西，不知道今年能否只有我們自己辦展覽呢？」

日葵一副就等我這麼說的模樣，從書包裡拿出一張單子。

上頭寫著校慶相關注意事項。那是剛才繞去教職員室拿的。只要在這張單子寫上社團名稱與參加社員的名字，老師們之後就會核准。

「沒什麼特別的申請條件，應該沒問題吧～去年只是為了隱瞞『you』的真實身分，才沒有做些跟飾品相關的活動吧？」

「是啊，不過因為前陣子的事件而曝光了……」

也就是第一學期真木島策劃的那件事。

在學校裡販售我的原創飾品，造成學生家長向學校抗議那件事……直到現在只要回想起來，

肚子還是會絞痛。

「校慶辦在十一月初，也就是說還有整整兩個月啊。現在立刻著手準備花苗之類的應該來得及，妳覺得呢？」

「嗯～應該要準備不少數量才行……只剩兩個月真的做得到嗎～？」

「不，我就是要做。在東京的個展上，天馬兩天內賣掉超過五百個飾品。未來我必須做到超越那樣的程度才行。雖然很困難，但這也是為了成就未來必須做到的事。」

「…………」

咦？

當我心想日葵怎麼沒有回應，轉頭看過去時，只見她不知為何正以熱情的眼神望著我。兩人四目相對，她便害羞地說聲：「噗嘿嘿！」將手貼著臉頰。

「悠宇。你最近對於飾品的熱情真不得了……♡」

「是、是喔。謝謝……」

最近增加日葵好感度的門檻實在太低……我雖然不擔心，但是看到她變得這麼好哄，我身為男朋友的心情也滿複雜的。

「好～那麼立刻來檢查器材吧。」

我馬上拉開科學教室裡的鐵櫃拉門。

為了用收在這裡的ＬＥＤ栽培機種植下一次要用的花——嗯嗯？裡面是不是貼了一張Ａ４大小的紙啊？

『夏目悠宇。你已經向親愛的女朋友坦承「祕密」了嗎？』

——「砰！」的一聲把門關上！

「…………」

我的口中莫名發出「呼～呼～」的喘氣聲。心臟怦咚怦咚跳個不停，牙齒也不禁開始打顫。沒錯，感覺就像深夜走在路上看見不該看見的東西。全身冰冷，背後不停流下冷汗。

會做出這種惡作劇的犯人——只有一個。

（真木島啊啊啊啊啊啊啊啊啊啊啊啊啊啊啊！）

日葵以懷疑的模樣偏頭發問：

「悠宇怎麼了？」

「唔！」

我嚇了一跳轉過頭去，反倒是日葵愣了一下。

「咦？你的表情好誇張……要去保健室嗎？」

「啊，不，那個……」

冷靜，我要冷靜。

別輕易動搖。我很冷靜。快回想起在東京走在藝人地雷區的那種緊張感。如此一來，那種文字的精神攻擊只不過是……不，不行不行！打擊也太大了！

日葵的目光變得銳利。

糟了，被她察覺了嗎？不對，從日葵的角度來說理應看不到……

「悠宇。你讓開。」

「不不不，先等一下。啊，我的腰有點痛。應該是從東京回來的時候一路搭飛機又搭電車，一直坐著的關係吧……」

「用不著裝模作樣。你快點讓開。」

「為、為什麼這麼……」

她的態度莫名強勢……

結果日葵垂下雙眼，有點悲傷地開口。表情像是有點想哭，又像心中懷著莫大的憤怒。

接著以認真的聲音說道：

「不要莫名顧慮我啊。你是不是被人找碴了？」

「…………咦？」

意料之外的這句話，讓我不禁愣在原地。

什麼意思？被人找碴？為什麼會被人找碴……啊，原來是這樣！

我總算理解日葵想說的話。

就是那個。我從國中起就時不時會被找麻煩。因為跟日葵的關係很好，以至於被喜歡日葵的男生視為眼中釘。

這幾天我跟日葵一直在曬恩愛。我們之間的關係有所改變可說是一目了然……如此一來，至今為止那些因為日葵無拘無束的態度而犧牲的人們應該不會默不作聲……

認為戀愛是種危害的想法，就某方面來說依然存在她的心裡啊……

「不，不是不是不是！真的是妳誤會了！」

「既然如此，為什麼不能讓我看呢？」

「呃～那是因為……」

我說不出是因為被人提起自己在東京犯下的罪過……

內心實在過意不去。日葵是這麼為我著想，我卻是個動機不純的混帳。

（……真的得冷靜下來。榎本同學也說那個約定取消了。）

總之，我得先把貼在裡面的那張紙弄掉。

「日葵。其實……櫃子裡有奇怪的蟲。」

日葵愣了一下。

「咦，真的假的？噁心的那種嗎？」

「嗯，感覺還滿噁心的。」

「天啊天啊，悠宇你去處理！」

「喔。交給我吧。」

呵呵呵。日葵最怕蟲子那類的東西了。

相較之下，多虧我平常有在便利商店幫忙，已經習慣處理這種事。如此一來就能成功找到一個空檔。

就在日葵轉過身去的瞬間，我趕緊開門並將那張紙撕下來。真是的，用膠帶貼也太隨便了。

要是被日葵發現撕下來的痕跡怎麼辦啊……

我揉掉那張紙，收進口袋裡。

鬆了一口氣之後轉身面對日葵。

「日葵。我突然想到有點事。抱歉，可以先幫我檢查一下栽培機嗎？」

「啊，是嗎？好喔～」

最近在對日葵說謊時，愈來愈不覺得抗拒了。

這樣很不好……

（不過這是最後一次了！）

離開科學教室之後，我直直朝著操場走去。

◇◇◇

悠宇慌慌張張離開科學教室。

雖然他說突然想到有點事，但是那種感覺滿像在說謊的。不過這時的悠宇有些事不能對我說，所以我也不會刻意過問就是。

輕嘆一口氣，我比出一個橫向的V字手勢。

「畢竟我可是勝利組女主角！」

沒錯。

我既是悠宇的命運共同體，也是兼具元配內涵的最強伴侶。

已經沒有任何存在足以破壞我們的羈絆。原諒他跟榎榎去東京旅行那件事之後……不對，應該說是我饒恕他之後，我的「神寵度」又提升一個等級。距離完美生命體又更近了一步。

好吧，「要是兩人發生關係，即使是寬容大量的我說不定也會暴怒」就是了～畢竟那是另外一回事了吧？何況我在當摯友的時候也沒做到那種程度啊。就算是像榎榎那樣有如命中注定的

女生，唯有這點也是無法原諒喔♪

（當然了，我相信他不會做出那種事！）

悠宇是個「既認真又誠實，具備才能與目標的理想男子」。有點容易負面思考這點算是美中不足，但是所謂的英雄就是這麼一回事。總是需要對自己具備的過剩能力感到苦惱的回合。

為了與這樣的悠宇並肩前行，我也不能太過大意，要好好磨練自己的元配內涵才行～

支持悠宇的夢想當然很重要，但是也要以女朋友的身分與悠宇度過開心的高中生活。戀愛也跟夢想同等重要。非常重要。這裡考試會考，甚至是攸關國立大學的考試，所以超超超重要喔♪

（我胡說的☆）

嗯呵呵～而且我最近也有在練習下廚～如此一來，真的快要毫無破綻了～

「總而言之，今天先處理他拜託我的栽培機吧～♪」

朝著我們理想的未來向前邁進☆

一邊這麼想，一邊將鐵櫃裡的ＬＥＤ栽培機拿起來。

——眼前有張性感陪睡照。

「…………」

我伸手揉了揉眼睛。

什麼～？

然後撿起那張照片。

照片上的悠宇跟榎榎穿著浴袍睡在一起。大概是去東京旅行時的照片。

與其說是第一次看見……這是什麼？是誰的惡作劇？真是沒品耶。話說都什麼年代了還在照片？不不不，重點在於照片上的畫面是怎麼回事？

雖然沒有證據，但是很能感受到情侶完事之後的特有氛圍。呈現出委身於對方之後特有的慵懶……那種感覺。

不對不對，一般來說在沒有發生關係的男生面前，胸口會敞開到這種程度嗎？不會吧？還是說怎麼樣？巨乳女生只要穿上浴袍，自然而然就會變成這樣嗎？這也是天選之人才有的苦惱嗎？

嗯呵呵～怎麼可能會有這種事。

再次看向照片上的兩人。

儘管悠宇睡得很熟，榎榎卻以幸福的表情貼著他的臉頰，怎麼看都像是「非常」親密。

如果用古文課教的《竹取物語》風格來說，就是「昔日二人同去東京旅行。於榻上修睦感情，巫山雲雨縱情欲。其名乃創作者『you』矣」的感覺？真不愧是日葵美眉，上課內容也很完美地吸收了～♪

……喔～？

喔～～嗯？？？

我將照片放回櫃子裡，哼著歌走出科學教室。

然後直直朝著自動販賣機區走去。老樣子在從右邊數過來第三台投幣，然後按下擺在最左邊的Yoghurppe按鈕。

咚地一聲，鋁箔包飲料滾了下來。我插入吸管，一口氣喝光。冰涼的乳酸菌擴散到身體各處的感覺很舒服呢。

嗯呵呵～但是好像還有點不足以冷靜耶～

總覺得身體裡面還是很熱，現在這個時期依然要小心中暑才行。再來一個好了♪

喀咚，啾～

喀咚，啾～

喀咚喀咚，啾～～～

……呼！

喝完第五個Yoghurppe，我將鋁箔包一一折好。丟進可燃垃圾桶之後做個伸展。

很好！

有如天使一般可愛的我超級冷靜！

走在返回科學教室的路上，我還能一邊哼歌一邊小跳步喔☆

哎呀～腦袋清醒多了～

沒想到竟然會作白日夢。因為悠宇說了他跟榎榎之間什麼都沒發生嘛。悠宇總不可能對我說謊啊。

我也不知道是怎麼搞的，應該是太累了吧？莫非真的中暑了？畢竟整個暑假可說是高潮迭起嘛～何況我還在蛋糕店努力打工，就算是備受神寵愛的我，身為人類依然會感到疲憊啊。

今天回家路上還要跟悠宇一起去AEON～啊，再去居家用品店看看有沒有什麼花苗似乎也不錯。為了我們耀眼的未來，現在就腳踏實地做些基本功吧♪

我懷著平靜的心，打開科學教室的門。

「我回來了～！」

悠宇還沒回來。

為了確認一下剛才的白日夢，我再次打開鐵櫃。拿起剛才的ＬＥＤ栽培機……果然還是能看

到那張性感陪睡照。

……喔～？

這樣啊～悠宇對我說謊了吧～？

祥和微笑有如菩薩的我——表情頓時變得彷彿惡鬼。

「…………………………啥啊？」

有如天使一般可愛的我，忍不住發出粗魯的聲音嘍☆

II

「討喜．遊戲」

離開科學教室，我直接前往操場。

目標是正在角落球場練習的網球社。真木島果然正在勤奮地參與社團練習。

他就在操場一角進行練習前的熱身。有個一年級的可愛女生……應該是真木島的現任女友吧。那名女朋友向前推著真木島的背，協助他做伸展。

注意到我來了之後，真木島朝我揮手。

「嗨，這不是小夏嗎？難得你放學後會出現在這裡。平常總是在照顧花壇……」

「真──木──島──……！」

在他笑著把招呼的話說完之前，我抓住真木島的肩膀。對著女朋友說聲：「借我一下。」取得同意之後便把他拖走，不知為何她還在後面說著：「請加油喔～」鼓勵我。還是一樣是個讓人搞不太懂的女生……

「啊哈哈！」被我拖著走的真木島還在哈哈大笑。

「小夏，你的表情怎麼這麼嚇人？天氣已經這麼熱了，你也稍微冷靜一下吧。」

他的運動服被我拉起來而露出肚子。學習榎本同學那樣踹下去吧……

把他帶到園藝社的花壇旁邊，我抓住真木島的衣襟用力搖晃。

「真木島，拜託放過我吧。」

「什麼，我聽不懂你在說什麼耶？」

「會留下那種訊息的傢伙只有你而已吧！」

「啊哈哈，沒有證據就說是『我做的』實在不太好喔。你這樣的態度，總有一天會犯下致命錯誤。」

不，你的說法完全就是不打自招啊……

而且榎本同學都說她死心了，這傢伙為什麼還要來攪局啊？真搞不懂他在想什麼。

就算我問他理由……這傢伙想必不會老實招來吧。如果去問榎本同學……感覺又不太好。應該說自從那天起，我就再也沒遇過榎本同學了。既然她這麼顧慮我的狀況，由我自己重新翻舊帳也不太好吧。

當我獨自煩惱時，真木島笑了。他用折扇遮住嘴邊，別具深意地「呵呵呵～」笑道：

「沒錯。遇到這種情境，最重要的就是不留下證據。」

「啥啊？你在說什麼……？」

「現在這個時代，只要用LINE就能傳送各式各樣的檔案。但是如此一來會留下傳送者的名字。你知道這個缺點在哪裡嗎？『就是將氣出在我身上也沒有意義』。不過我本來就沒有日葵的LINE，無論如何只能倚靠原始的手段就是了。」

「所以說你到底在講些什麼？剛才那張留言嗎？」

「來說說釣魚好了。小夏有海釣的經驗嗎？撒下魚餌把魚群吸引過來，然後鎖定目標。以前大哥曾經帶我去釣過，還滿困難的。最重要的是挑選灑下什麼樣的魚餌。畢竟得讓鎖定的目標確實上鉤才行。」

聽他這麼說，我漸漸懂了。

沒錯，那就是一片大海。我跟日葵是魚。無意間來到海邊時，發現海面浮著大量魚餌。

我忍不住拋下日葵咬住顯眼的魚餌，獨留她在大量漂浮的魚餌當中覓食。然而這是錯誤的決定。他真正的目標是——

「因為小凜說要對這段初戀死心就放心了？怎麼可能。你以為這樣就能將過去的一切一筆勾銷嗎？既然是曾經周旋在幾個女人之間的我說的話，肯定不會錯。」

真木島露出邪惡的笑容。

「『體貼的女朋友』究竟能容許『男朋友的不忠』到什麼程度呢？」

「……唔！」

我的背脊竄過一陣惡寒。

「你這傢伙，真的給我下地獄去！」

我扔下真木島，連忙折返回去。

（糟了糟了糟了！）

說到只有真木島知道的事，肯定只有那個！

——我跟榎本同學因為個展一決勝負的約定！

因為榎本同學說過那個約定不算數，所以我沒有告訴日葵。

『我，夏目悠宇，如果沒在天馬他們的個展把飾品全部賣完，就跟榎本同學交往。』

榎本同學有用手機將那段誓言錄下來……真木島想必是透過某種方法，取得了那段錄音檔吧。要是被日葵聽到……大概就完蛋了！

我脫掉鞋子全力奔跑在走廊上（途中被笹木老師發現並警告了一下），終於回到特別教室那棟樓的二樓。

「…………」

我的心臟用力跳個不停。

伸手悄悄打開科學教室的門。從縫隙偷看一下，發現日葵背對著門口，似乎正在檢查ＬＥＤ栽培機。

還能聽見她在哼歌的聲音，心情好像很不錯……我鬆了一口氣。什麼嘛。只是被真木島耍了而已啊。

說得也是。那傢伙應該也沒時間做這種事吧。如此一來反而讓人火大，不過還是以此為戒，提高警覺好了……

我做個深呼吸，打開門進入教室。

「抱歉，讓妳久等了。我也來幫忙。」

「…………」

嗯嗯？

日葵依然一邊哼歌一邊檢查栽培機，就像沒聽到我的聲音。這讓我莫名產生不祥的預感。

「日、日葵同學……？」

我又喊了她一聲。

於是日葵轉過頭來，以耀眼的笑容回應：

「啊，悠宇！你回來啦～」

「抱歉了，日葵，讓妳自己一個人處理。」

「不會，這也是理所當然啊。我們是夥伴嘛。」

日葵的體貼讓我滿心感動。

太好了。剛才的不祥預感似乎只是錯覺。我一邊懷著想死的罪惡感，盡可能冷靜對話。

「好～那我也得檢查器材……」

我若無其事地走到後方的鐵櫃旁邊。朝裡面瞄了一眼……從這裡看過去什麼也沒有……

話說如果真的是錄音檔，他打算怎麼讓日葵聽到？直接放個錄音筆在這裡嗎？一般來說，真的有人會擅自拿走別人的錄音筆並且播放嗎？

當我想著這樣不像真木島會做的事時，有道聲音從身後傳來。

「悠宇～？怎麼了～？」

「……！」

心跳加速的我回頭一看，只見滿臉笑容的日葵蹲下來偏頭看著我。那個動作看起來就像是要一窺櫃子內部……不，應該是我想太多了。只是我變得有些疑心疑鬼罷了。

「悠宇，你是不是在找什麼？」

我默默用背遮住鐵櫃，臉上揚起應付的笑容。

「啊，呃……我在想用來讓花褪色的乙醇好像變少了。」

「啊～這麼說來，暑假期間用了不少呢～晚點我在Amazon訂一下吧？」

「謝、謝謝……啊，那麼我順便看看還有沒有其他需要補充的東西。」

「ＯＫ～那我去那邊繼續檢查栽培機嘍。」

……安全過關。

日葵轉過身，回到另一頭的桌子那邊。我趁著這個機會再次確認鐵櫃內部時……

日葵突然在我耳邊低語。

「啊，悠宇。這麼說來有一個栽培機壞掉了。」

「嗚哇呀啊——！」

我不禁發出哀號，轉過頭去。

感覺刻意不讓我察覺的日葵可愛地笑了。

「噗哈～悠宇的反應好像女生～♪」

「突然在耳邊說話當然會嚇到啊……」

不對，比起這個，現在得若無其事地跟她對話才行。

「妳說有栽培機壞掉了？」

「嗯。『有點摔到』的樣子～」

「這樣啊。感覺已經不能用了嗎？」

「應該有點困難喔～」

那就沒辦法了。

比起普通的款式，ＬＥＤ栽培機的成本比較高，但也確實是種消耗品。勉強使用的話會對花的品質產生影響，所以適時割捨也很重要。

「總之我先確認一下好了。哪個……咦？」

我走向日葵那邊的桌子，看著那個摔到的栽培機。

頓時說不出話來。

不知為何，栽培機「被破壞得粉碎」。

「……日葵同學？」

我還以為是ＬＥＤ燈部分故障之類的。看著這個絕非不小心摔到所造成的殘骸，我的喉嚨深處不禁「咻～」呼出一道涼氣。

回頭只見日葵笑咪咪地站在原地……剛才那種不祥的預感似乎回來了。

「悠宇，怎麼了嗎～？」

「……妳說這個是摔到吧？」

「嗯，不小心摔到了。」

「……如果只是摔到，應該不至於變成這樣吧。」

「咦～？悠宇，難道你不相信我說的話嗎～？」

「啊，沒有。我不是那個意思……」

不對，我別輕易認輸啊！

忍不住先吐槽自己，接著面對現實。

我離開科學教室大約三十分鐘，日葵的態度變得很奇怪。然而我不可能還沒有察覺這代表什麼狀況。

（不對！但是！還不一定！）

對方可是日葵。

如果被她知道那件事，肯定會像前幾天那樣像個少女嚎啕大哭。又或者是直接召喚雲雀哥。

既然現況兩者皆非，就代表事態還不需要這麼慌張……對吧？還是說我錯了？

總之！

我轉過頭去。雖然不知道日葵是否得知約定那件事，無論如何想一決勝負的話，就只能趁現在了。

先下手為強。不對，這種狀況應該說是配合她搶得先機！

「日葵，我有話要跟妳說！」

「嗯～？怎麼了嗎～？」

日葵露出滿臉的燦爛笑容發問。

從態度來看……看不出來。不，話說重點不在這裡。我抓住日葵的雙肩把話說清楚：

「──日葵，對不起！還有一件關於榎本同學的事，我沒有對妳說！」

「咦？這樣啊？什麼事什麼事？」

這個追問的反應也太奇怪……

不對，我還是要說。我要說出口！

「那個……其實這次參加個展的條件，就是要跟榎本同學一決勝負。如果我不能在個展上將飾品賣完……就、就答應要對榎本同學言聽計從。結果我沒能賣完……」

於是，那個……

我緊張到無法思考，也發不出聲音。接下來究竟要講些什麼才好？

榎本同學已經撤回那個約定。

所以姑且算是守住我與日葵之間的關係，或者該說她替我們守住了……

「喔～……」

在我拚命思考該怎麼說時，日葵再次露出微笑。

「『那又怎麼樣』？」

「……咦？」

我緊張地看著她。

日葵臉上的笑容紋風不動。就這麼維持完美的微笑緊緊盯著我。

總覺得在哪裡看過這個笑容。是什麼時候來著？最近好像也看過這樣的笑容……啊，是紅葉學姊。那個人笑起來的時候，總是這種令人打冷顫的笑容。

糟糕，死定了。

我愈是焦急，就愈說不出話來。喉嚨乾到不行，感覺就像在沙漠裡徘徊。

見我愣在原地反應不過來，日葵以冷靜的語氣說道：

「『你大可不必說這種謊啊』……」

說、說謊……？

我不禁目瞪口呆，日葵繼續說下去：

「才不是為了飾品，你就是比較喜歡榎榎吧？也是啦～跟我這種人不一樣，人家既可愛又殷勤，更重要的是胸部還很大嘛。那趟旅行也是，你其實是想單獨跟她一起恩恩愛愛吧～？」

「這怎麼可能！」

「我本來就覺得有點奇怪了～你又沒有伯父，到底要去探望誰啊？這個藉口準備得真是周全呢～」

「那並非全都是我的錯——！」

都是咲姊亂講那種奇怪的設定——！

我在心裡抱怨不在這裡的親姊姊，拚命打算解釋。別擔心，只要拿出誠心誠意，對方一定會相信的，我記得某部電影說過這種話！

「所以說，那都是誤會啊！說到頭來，是真木島策劃了把我綁架到東京的計畫，紅葉學姊與咲姊也都提供協助。因此我真的什麼都不知道……」

「啊？悠宇，你不覺得這樣有點說不過去嗎？這種事未免太過荒誕無稽了。」

「真相就是這樣，我有什麼辦法！」

為什麼不肯相信我啊！

因為榎本同學說想跟我去旅行，真木島才會擬定把我綁架到東京的計畫，咲姊開車執行這件事，到了東京之後又因為人氣模特兒紅葉學姊的惡作劇導致兩個人睡同一間房啊！

換作我是日葵……嗯，冷靜想想真的有點難以置信。這下沒救了。話說我怎麼會認為她會相信啊……

正當我萬念俱灰時，日葵繼續追擊。

「反正，我總算明白了。悠宇應該認為『只要拿飾品當藉口』無論任何事我都會原諒吧？」

「我、我不是那個意思……」

「不然你為什麼還說些參加個展，然後一決勝負這種拐彎抹角的話呢？只要直說你喜歡榎榎

所以想跟她交往，我也不會……」

「所以說我沒有喜歡榎本同學，也沒有跟她交往——」

正當我的話說到一半時。

「嗯呵呵～那麼這是什麼？」

「咦……」

日葵用世界上最可愛的笑容拿出一張照片。

——是陪睡照。

照片上的我簡直像在拍女性向週刊雜誌封面，而且榎本同學也露出胸口，讓人想大喊：「不得了啊榎本同學！」說到這對美麗的鎖骨，根本是無法用任何花卉來比喻的女神級完美線條……

呃，我幹嘛評論女同學的鎖骨啊。是新型的變態嗎？我已經淪為變態了嗎？

日葵露出最可愛，同時也是最可怕的詭異笑容。

「悠宇～？你能跟我說明一下這張感覺很幸福的晨吻照嗎～？？？」

「為什麼日葵會有這個！」

這是那個。

從東京回來的那一晚。在榎本同學傳給我的東京旅行照片裡，我認為最糟糕而且立刻刪除的一張。

（真木島的目的……原來是這個！）

因為逃過了咲姊的檢查，我擅自將這件事拋在腦後。

一般來說都不會想到榎本同學竟然會給真木島看這種照片吧！話說到底為了什麼要給他這張照片！

「噗呵呵呵……」日葵一邊發笑一邊朝我走來。

「怎麼想都很奇怪吧～？依照悠宇剛才的發言，你跟榎榎變成『那種關係』應該是在個展結束後吧～？但是但是～我可是知道的喔～榎榎在悠宇說的個展那天就回來了。你知道為什麼會知道嗎？因為榎榎媽媽傳LINE說：『凜音回來了，暑假最後一天就不用再麻煩妳來打工嘍～』」

那雙藏青色的眼睛失去光彩，看起來就像是混濁的深海。

「也就是說，這張照片——是在『個展的一決勝負分出結果之前』拍的吧～？」

「這、這個嘛，呃……」

死定了。因為我的誤會，演變成火上添油的狀況。

日葵翻找了一下，拿出一個東西。

「不准找任何藉口☆」

那是園藝用剪刀。她不斷開闔剪刀。這讓我的下半身伴隨絕望的預感一起縮起來。

「悠宇。跟昨天前的自己說再見吧♡」

「拜託不要像轉職廣告『換個想法！』那樣說得爽朗又帶有詩意好嗎！」

「別擔心，別擔心。就算沒有還是可以做飾品啊～」

「等等——！不是吧，妳是在開玩笑吧！」

日葵對我投以懷疑的視線，笑著說道：

「我們是命運共同體吧？——如果不『解決』背叛的搭檔，連我也會跟著遭殃啊。」

伴隨令人頭皮發麻的冷漠聲音，剪刀也跟著開闔。

我忍不住往後退，不知道撞到了椅子還是什麼東西。日葵發出「噗嘻嘻嘻……」那樣瘋狂的笑聲，一步步朝我逼近。

「日、日葵，我可以明白妳會誤解，但能不能請妳先聽我說一下？」

「好啊。那我就直接問你的身體吧♪」

「那是拷問吧……」

「咦～？在悠宇家是這麼說的嗎～？」

「這種事沒有『你家我家』的差異好嗎……」

我抓住椅子擋在我與日葵之間。

這是我唯一的防禦，堪稱是救命繩。不過這張鐵椅還真是不太可靠……

「等一下等一下等一下。榎本同學或許真的拍下那張照片。但是我沒有犯下日葵想像中的那些錯誤，而且既然只有一張床我也沒輒……」

「這樣啊～？所以是不得已才在床上進行夜晚的職業摔角教學嗎～？」

「才沒有！」

「悠宇是用了不起的眼鏡蛇纏身技，一招就把榎榎ＫＯ了嗎～？？？」

「好久沒聽到這種像個色老頭一樣的下流哏了！」

拜託不要在吵架時搬出這種話題。我都不知道要怎麼吐槽了……

「我說的是真的。我們既沒有接吻也沒有上床。」

「嗯呵呵～你以為我會相信你嗎？」

「拜託相信我。我相信日葵會相信我的。」

「那個純真的日葵美眉已經在剛才死掉嘍～☆」

「呀啊——住手，拜託妳住手——！」

完全陷入瘋狂的日葵一邊開闔剪刀朝我逼近，另一隻手還不斷動著手指，做出難以言喻的異樣動作。

剪刀利刃愈來愈接近。

萬念俱灰。再見了，我的——

就在我放棄的那一刻，一陣風吹進我們之間。

不，這不是因為展開了熱血的戰鬥，而是有人使勁地打開科學教室的門。

我跟日葵下意識看向門口。

來者就某種方面來說，也算是意料之中。

正是榎本同學。

應該是管樂社練習到一半便衝出來吧。只見她右手還拿著小號，就這麼進入科學教室。

站在彷彿是要擋住日葵的地方，她以平靜且銳利的語氣說道：

「小葵。到此為止。」

「……唔！」

聽到榎本同學這麼說，日葵稍微冷靜了一點。

但想起對方的所作所為，她還是忍不住回嘴：

「……就算是榎榎，誰會聽一個跟別人的男朋友去東京約會的女生說的話啊。」

「確實是約會了，但是都在朋友的範疇內。妳自己也做過類似的事吧。」

「啊——！那根本是真木島同學的做法嘛！這個狀況那種歪理根本說不過去好嗎！」

「但是說出『豈不是世上的男女都在上床一樣嗎』的人是小葵吧。四月我們一起回家時，我問起妳跟小悠的關係，妳明明是這樣講的。」

「唔唔……！」

好、好厲害。

雖然不知道她們在講什麼，但是直到剛才為止都很失控的日葵消失了。還有榎本同學若無其事地耳朵發紅的破壞力未免太過強大。既然會害羞，就不要說什麼「上床」啊。就連這種地方也這麼認真……

日葵拚命大喊：

「榎榎，妳為什麼要幫悠宇講話？這次的錯絕對不在我身上！」

「我是小悠的朋友。因為我的關係害得朋友傷腦筋，那麼當然要幫他講話。」

接著榎本同學輕輕握住日葵的手。

「同時我也是小葵的朋友。」

「咦……」

出乎意料的一句話讓日葵愣住了。

榎本同學牽起她的手，一臉正經地說道：

「我有說過也要成為小葵心目中的第一吧？」

「那、那是沒錯……」

哎呀哎呀？

日葵的氣勢完全消失了……話說整個氣氛是不是變了啊？日葵那傢伙被榎本同學這樣凝視，不禁有些害臊地臉頰微微泛紅。伸手遮住嘴角望向其他地方的模樣，完全是個少女啊……

好吧，榎本同學畢竟是個貨真價實的美女。

雖然日葵說過：「可愛僅次於我（得意）。」但那是包含社交能力以及討喜程度的綜合評價。我有時也會不禁覺得「單純只看顏值應該是榎本同學比較高吧？」。就這點看來，只能說真不愧是紅葉學姊的妹妹。

總覺得我完全被晾在一旁，不過我覺得大家和平相處最重要。

日葵完全是以傲嬌的表情撇過頭去。

「既、既然如此，妳跟悠宇在飯店裡做了什麼？如果沒有做壞事，應該可以看著我的眼睛說出口吧……」

「這……」

榎本同學支吾其詞。

她朝我瞥了一眼。一改直到剛才自信滿滿的態度，感覺有點不安……不，那是對我抱持罪惡感嗎？

看到她的態度……我也想通了。

然而還來不及阻止榎本同學，只見她拿出手機。

「小葵。妳看這段『影片』。」

「……唔！」

毫無根據。應該說是直覺吧。

又或者是在東京的個展上，我模仿早苗小姐販售飾品的做法讓我的對話能力有所成長，藉此從榎本同學細微的舉止當中看出來了。

腦中閃過「那一天」的記憶。察覺到這件事的我，身體下意識地動了起來。

榎本同學，唯有那個不行！就算是至今為止累積不少黑歷史的我，唯有那件事絕對不想被其他人知道！

「榎、榎本同學！妳等一——……」

就在我伸手的瞬間——科學教室裡響起富含感情的巨大聲響！

『來～！小悠，我們拿這個逗貓棒來玩吧～♡』

『不，榎本同學？妳先冷靜……』

『不要～！快點！』

『這也太丟臉了……咦？妳為什麼在錄影？』

『留作紀念（得意）。』

『不不不不。不管妳怎麼說都不行。』

『不會給別人看的。』

『這不是重點……』

『……不行嗎？』

『………………只、只玩一次喔。』

『好耶！那麼，小悠從現在開始就是貓咪喵～♪』

『喵、喵～……』

『小悠，不可以覺得害羞喵。』

『喵～！』

『啊，有可愛的貓咪喵～♪』

『喵～喵～！』

『欸嘿。貓咪來～給你抓抓肚肚喔～♪』

『喵哈哈哈哈哈！喂，榎本同學！等、等一下喵～！』

…………

只有當下這個空間，所有人的時間都靜止了。

看著不斷播放的那一天（黑歷史）的事，我們都說不出話來。

……也是呢。如果問起我們在飯店裡做了什麼，嗯，也就只有這個了。

當時的榎本同學完全玩瘋了，而我也是捨身陪君子。到後來甚至習慣了，玩得十分起勁。

天啊，我不禁回想起來了。兩人情緒激昂地大玩特玩之後，甚至還對著送客房服務的晚餐過來的大姊姊說聲：「『謝謝喵～♪』」後來便瞬間恢復冷靜。

接著就是拍下日葵手上那張關鍵照片的早上——

當時明明那麼想死，卻完全忘記有這件事。俗話說好了傷疤忘了疼，真希望我的記憶力可以好好工作……不，還是說正因為有在工作才會忘記呢？

我跟榎本同學玩健全喵喵遊戲的影片播完之後，科學教室籠罩在一片寂靜之中。

榎本同學（不知為何）露出有點得意的表情……剛才還是一副臉紅耳赤的樣子，真搞不懂她感到羞恥的界線為何。

而且聽見走廊外頭傳來「噗呼！」男生噴笑的聲音……聽那個聲音，大概是真木島吧。他恐

怕是來確認自己設下的照片陷阱導致了什麼樣的結果。

我不禁冒出有如世界末日的心情，雙腳一軟不禁跪下。

這時日葵——

「……悠宇。」

語氣平靜的她站在我面前。

見到我冷汗直流的樣子，日葵用溫柔的聲音說道：

「抱歉喔，看來是我誤會了。悠宇不是我所想的那種人。你跟榎榎之間是清白的。唯獨這點我明白了。悠宇，你真的——」

「……唔！」

我抬起頭來。

日葵諒解了。雖然發生了一點小插曲……雖然那真的是足以將一切粉碎的衝擊！但也多虧如此，總算證明了我的清白。我跟榎本同學真的只是像這樣，健全地度過那段時間而已！

沒錯！這正是我所期望的發展！

「日葵！」

聽到我的呼喚，日葵眯起雙眼加以回應。

彷彿暖陽穿透三稜鏡——

宛如妖精般的微笑——

「好噁心！」

日葵以耀眼的笑容如此說完，便拿著書包離開科學教室。

榎本同學也像是搞定了一件大事，迅速拿著小號離開。她應該是要回去繼續參加管樂社的練習吧。

真木島也在不知不覺間消失了。

然後……

我——

♣ ♣ ♣

隔天早上。

我帶著爽朗愉快的心情踏入校門。

天啊，人活著真是太美好了。那麼來做飾品吧。我沒什麼話好說了。應該說人生如此，夫復何求。

就在這麼清爽的早晨。我將腳踏車停在停車場走向校舍。

（那道背影……）

我不可能看錯。

那正是我的命運共同體，也是我心愛的女朋友，日葵。

一早就能見面真是太幸運了。當然在教室也能碰面沒錯，但是在那之前先一步遇到她，著實讓人感受到命運的牽引。

我細細品味這個幸運！

「日葵！早安！」

聽到我的聲音，日葵也注意到了。

轉身的動作多麼惹人憐愛，接著一邊將頭髮撥到耳朵後方一面用耀眼的笑容說聲：

「啊，喵嗶嗶學長。早安～♪」

誰啊。

誰是喵嗶嗶啊。

（……昨天那件事果然不是夢啊。）

一大早有點自暴自棄，不由得變得消沉。我懷著悲切的心情向日葵問道：

「難道妳就為了說這句話，特地一大早在這裡等我嗎……？」

「咦～？你的意思是我在這裡等你嗎～？悠宇不但是喵嘩嘩還很自以為是耶～好噁心～」

「不，妳都是搭車上學吧。如果不是騎腳踏車上學的人，根本不會經過這裡啊。」

「所謂的人生就是偶爾也想繞點路呀～悠宇就是這樣，才會一直擺脫不了交了女朋友就志得意滿的陰沉角色喔！」

「妳才是走不出向路過的人找碴這個現狀吧。首先引戰的人明顯是妳……」

妳是路邊的寶可夢訓練師嗎？

只要看到有人拿著寶貝球，就一定要去挑戰才會甘心的那種人嗎？這麼刺激的人生確實也有一番樂趣，不過我還是覺得讓有意戰鬥的人待在道館裡的模式比較和平。

當我感到有些無力時，日葵忽然說聲：

「不過啊，我重新思考了一下。」

「咦？」

日葵稍微低下頭，忸怩地撥弄手指，似乎有點寂寞地說道：

「悠宇也是年輕氣盛，像榎榎這麼可愛的女生誘惑你，還是會稍微放縱一下吧？」

「呃，被妳看到那種影片之後，怎麼講都是藉口。即使如此我還是……」

日葵搖了搖頭。

「不。悠宇，你不用勉強自己……我都知道。」

「妳、妳知道什麼……？」

我有不祥的預感。

總覺得日葵好像誤會什麼……然而就是這種不好的預感才會成真。

彷彿是要證實這個臆測，日葵這時伸手遮住眼睛。

「悠宇，我看你喜歡的人終究不是我，而是榎榎吧？所以才會答應她的提議，玩那種喵喵遊戲嘛。」

「啥啊？妳是在說什麼啊？」

「沒關係，你別再顧慮我了。我已經整理好自己的心情。」

「笨、笨蛋！妳不要自己亂下定論啊！」

我忍不住抓住日葵的肩膀。

拚命想撇開視線的那雙眼睛泛起淚光，聲音也在微微顫抖。

「我沒辦法留住悠宇的心吧。」

「日、日葵！才沒有那回事！我喜歡的人只有妳而已！」

完全忘記這裡是學校，我拚命對她大喊。

日葵稍微抬起目光，像在懇求一般對我說道：

「真的嗎？真的只喜歡我嗎？」

「真的！我心裡怎麼可能有別人！」

「這樣好嗎？如此一來，你可能就不能再盡情玩弄榎榎的胸部嘍。」

「我本來就不打算那麼做！榎本同學的胸部對我來說一點也不重要！」

「你說這種話真的沒關係嗎？」

「那是當然。錯的是說什麼女生的魅力取決於胸部的傢伙！」

日葵喃喃說聲：「這樣啊……」有些害羞地撇開視線。她的雙頰微微泛紅。嘴角泛起淺淺的笑，感覺似乎有點開心。

天啊，我的心意總算傳達給她了。一時之間還不知該如何是好，但是果然只要好好跟日葵溝通，她就能夠諒解。我滿懷著溫暖的情感……嗯嗯？

日葵的肩膀不知為何輕輕抖動。她遮住嘴角，看起來也像在努力憋笑……剛才她的臉頰發紅，好像不是因為害羞的樣子。

（啊，這好像是熟悉的套路……？）

就在我察覺不祥預感的同時，日葵爆笑出聲。

「噗哈啊————！」

日葵的右手指向我的身後。

感覺就像要我看過去。循著她指示的方向，朝著身後看去。

咻咻咻咻咻————渾身散發冰冷氣場的榎本同學就站在那裡。

我完全僵在原地。

「…………」

「…………」

盯～～～榎本同學那雙眼睛緊緊盯著我。

然後重新揹好肩上的書包。因為這個動作，輕薄背心守護的碩大胸部稍微抖了一下……我的喉嚨不顧自己的意願，嚥下一口口水。

榎本同學朝我走來。

然後她抬起視線看向我，抬頭挺胸靠了過來。

「喔～？」

「那、那個，榎本同學……」

「喔～～～？」

「榎本同學！什麼話都不說的壓力很可怕耶！」

榎本同學露出親切的微笑。

那是最近很少看見的可愛笑容。我不禁忘記現況並感到心跳加速的瞬間，她的右手就像利刃似的散發殺氣。

「朋友矯正手刀。」

「這不是可以在學校大庭廣眾之下談論的話題對吧真的非常對不起！」

側腹遭受精準的打擊，無力抵抗的我隨之倒地。

真不愧是榎本同學，出招的精準程度不亞於職業比賽。看穿我會因為平時的習慣優先保護頭部的心理，反其道而行使出完美一擊……

「哼！」榎本同學冷哼一聲便重重踏著紅磚路走了。

我一邊「唔喔喔喔喔……」呻吟，一邊朝身旁的日葵伸手。

「日、日葵。這也太狠了……」

然而我的手被她無情揮開。

日葵露出心滿意足的耀眼笑容。

「別亂碰，我可不想感染到喵喵細菌～♪」

「…………」

日葵同學看起來超開心的。

這是沒差啦。反正全都是我造的孽，所以心甘情願受到這樣的對待就是了。

彷彿大功告成的日葵滿足地朝著換鞋子的地方走去。

當我忍不住啜泣之時，背後傳來男生的聲音。

「啊哈哈。這個狀況還真是有趣啊。」

回頭一看，只見真木島搧著折扇站在那裡。而且一臉開心到不行的樣子走到我面前。

「經歷暑假的體驗之後，你似乎也順利來到『我這邊』了。歡迎你，喵喵一號。」

「煩死了！說到頭來，都是你設下那種奇怪的陷阱害的！」

「喂喂喂。你這是在找碴吧。追根究柢，錯出在小夏自己露出讓人趁機而入的破綻吧。實際上有所隱瞞就不是好事。無論再怎麼敷衍，總有一天都會紙包不住火，既然如此，早點幫你解決這個問題也是我的體貼。」

「你這傢伙絕對樂在其中吧……！」

真木島聳了聳肩。

「我也是很傷腦筋的。畢竟我沒料到小凜會在那個時間點跑去阻止。真是的，那個天真的傢伙真會找麻煩。」

「不，只要你別多管閒事不就得了嗎？」

理所當然無視我的要求，真木島繼續說道：

「然而真正的強者不會一再悲嘆自己的現況。而是會去摸索利用這個狀況的手段。」

「我不想聽你的自言自語……」

「所以說呢，小夏啊。被女生們這樣對待，想必讓你很煎熬吧？要我這個輕浮男資歷比你還長的前輩助你一臂之力也行喔。」

真木島面帶微笑朝我伸手。

「啊哈哈。這點程度的小場面，就由我來幫你華麗地解決吧。」

「…………」

我盯著生命線特別長的真木島的掌心。

然後長嘆一口氣。接著「呵！」淺笑一聲後握住真木島的手。

然後一把拍掉。

「我再也不跟你當朋友了。」

「…………」

真木島的太陽穴冒出青筋。臉上掛著虛假的笑容，拿著折扇指向我。眼裡沒有半點笑意。

「你如果乖乖聽話，我本來還想對你好一點的——你可別為了這句話後悔喔。」

目送他的背影，我不耐煩地唸唸有詞：

「真搞不懂那傢伙為什麼這麼意氣用事……」

♣ ♣ ♣

第一堂是數學課。

光是這個組合聽起來就像今天的星座運勢是最後一名，但是唯獨今天早上已經發生過更加令人鬱悶的事。

教數學的聰穎黑猩猩，也就是笹木老師拿著粉筆用力在黑板上寫字。

「呃~只要是接觸數學，解開實數(x)、(y)的問題就會伴隨一輩子。這次要教你們的部分也是一樣……」

喀喀喀！老師在黑板上用漂亮的板書寫下一道道sin、cos的公式。

寫得真好。話說老師的字真的好漂亮。感覺就像電視之類的地方介紹的美女書法家寫出來的字。說真的，一點也不搭。

「這裡首先要了解何謂複數。重點不在於解開算式的『公式』，若是沒有理解『構造』就沒有意義。」

而且還會明確指出重點，因此也滿受學生歡迎的。

喀喀喀！笹木老師用流暢的文字寫下「複數」兩個字。如果笹木老師教的是古文之類的科目，課堂上寫下這種字，感覺一個不小心就會迷上他。

「我會說重點在於理解『構造』而非『公式』，是因為『死記』的東西終究不會留在腦中。也就是說，數理科目反而更加考驗你們在文科方面的解讀能力……」

當我在認真上課時，一張撕下筆記本一角摺起來的紙條莫名飛到我桌上。

……想也知道是誰傳來的，總之還是先打開看看。很有特色的圓圓字跡寫著這句話。

『喵嗶嗶學長～☆那個三角形尖尖的地方，看起來就像貓耳髮箍呢～』

朝著隔壁一看，只見日葵一臉若無其事的樣子在聽課。

就算喵嗶嗶學長的個性是眾所皆知的溫和，面對上課時的惡作劇還是要說上兩句。寫便條紙給她也很麻煩，於是我拿起手機用LINE回覆。

『妳要認真聽課。』

依然是三秒已讀。這傢伙不是在生我的氣嗎？真希望她的反應可以統一。

日葵傳來回覆。

『老師上的課我都懂。悠宇才要乖乖聽課。』

『那麼能不能別打擾我上課啊？』

『咦？我做了什麼嗎？』

『裝什麼傻。不要跟真木島講一樣的話啊……』

『看你這樣挑釁，未免太希望我理你了吧～？（竊笑）』

喂，巨大的迴旋鏢打在妳身上嘍。

但是我不會明講。我早就認清要是老實說出口，狀況反而更加麻煩。

『欸，拜託妳原諒我吧。』

『這不是原諒不原諒的問題吧？』

『不然是怎樣？』

『請在一百字以內論述被迫看到男朋友在其他女人面前變成嬌羞貓咪時女朋友的心境。（五分）』

『分數好少。』

『這點分數剛好。』

我的人生也太廉價了。要是答得不好肯定會被忽視……

我想想……一邊數著有幾個字一邊在手機上輸入回答。

『沒想到他還有這樣的一面，變得更喜歡了。（一百分合格）』

『想也知道是零分。如果這是東大模擬考，對方會把你的入學申請書直接拿去碎紙機銷毀的程度。』

『喂，真的假的？』

『咦？為什麼要做出那種有點認真的反應？悠宇真的變成玩咖了嗎？』

『當、當然是在開玩笑。』

真的是在開玩笑。真的……

不，我也知道正確答案當然不會是多麼正面的回答。呃～一般來說應該是「看到男朋友的嬌羞模樣失望透頂」之類，或是「不知道隔天要用怎樣的表情跟他說話」吧。

但是有鑑於日葵的個性，就算老實寫了也難以想像她會認定是答對……啊，對了。

『比起自己竟然先跟其他女人玩過喵喵遊戲而懊悔不已……之類？』

『…………』

咦？

沒有回應耶。

『喂？這也是玩笑喔。難道真的是這樣嗎？』

『好了悠宇，失格。人生失格。』

『等……！』

日葵同學？

為什麼要把臉轉過去背對我，感覺很丟臉地做出「哎呀……」的反應啊？平常的噗哈應該是被動發動吧？

看著臉紅到耳根子的日葵，我找到解決問題的契機。

『日葵同學。我有事想跟妳商量。』

『什麼事？』

『只要是日葵同學的期望，要我變身正義的喵嗶嗶也在所不惜。』

『…………』

『所以能不能別再生氣了？』

『…………』

日葵的目光緊緊盯著我。

冷靜想想，我也不知道自己在說什麼，不過既然對象是日葵，這大概是正確解答。不管怎麼說，我的房間還掛著日葵檢定國際名譽會員的獎狀……不，那個組織也太莫名其妙了。

當我想著這些事時，她也給出回覆。

『好啊。』

『真的假的！』

太好了！這場紛爭總算結束了！

……然而我才高興不久，又傳來新的訊息。

『但是你要現在立刻喵喵一下。』

……！

「噗呼！」我不禁驚訝叫道。正在寫板書的笹木老師以「啥啊？」的感覺轉頭看來，因此我也只能裝出若無其事的表情。

老師繼續上課之後，我便低頭看向手機。

『不不不不日葵同學。』

『不不不不悠宇同學。』

『不會吧？』

『快點。』

『啊，妳的意思是在LINE吧？』

『快、點。（笑咪咪）』

真的假的……

日葵面露可怕的笑容，配合「快點～快點～」的嘴型拍手。

這傢伙，很明顯是剛才被我說中才會懷恨報復吧。剛才那場意外又不是我害的，要怪就怪自己的好騙女角屬性……

（就算說什麼也沒用。日葵只要一旦說出口就不聽勸……）

班上同學們都在各自上課。

有些人認真聽笹木老師講解，有些人光是抄筆記就來不及了，有些人則是不顧一切直接趴在桌子上。如果我此時玩起喵喵遊戲，想必每個人都會聽得一清二楚。

……現在立刻？

要喵喵嗎？真的假的？？？

幸運的是我的座位是在窗邊最後面。

以現況來說，沒有任何人的目光朝我看來。總之我試著沉默地雙手擺出貓的姿勢。然後轉圈給日葵看。

日葵究竟給不給過呢——！

『嗯呵呵～好想聽悠宇的聲音喔～？』

我就知道。

不，知道歸知道。說真的光是這樣我就緊張到快吐了，再怎麼樣我也太可憐了吧？

但是只能照做了。

我得想辦法發出聲音，當場喵喵一下才行。我知道為此自己必須做些什麼。

——那就是觀察。

去東京旅行時，我在天馬他們的個展學習各項技巧。其中一個成員早苗小姐具備擅於觀察人類的能力，能夠當場分辨對自己的飾品感興趣的客人，並且累積販售數字。

我也偷學了一點這個販售手法。雖然那時只成功一次——但是現在，我要將早苗小姐的技巧昇華為自己的能力。

（我的花兒們，請把力量與勇氣分給我吧！）

盯～～……我觀察著整個班級。

於是我發現一件事。笹木老師會在固定的時機大聲乾咳。如果趁著那個瞬間，就算發出細微的聲音應該也不會被人發現。

鎖定笹木老師寫完板書的瞬間。他在寫完算式之後，會用粉筆往黑板輕敲兩下，同時清一清嗓子。

沒想到竟然會注意到這種事。我該不會其實滿厲害的吧。

（接下來只要看準時機執行就好——辦得到！）

這時笹木老師正好在寫看似應用題的算式。隨著粉筆「喀喀喀喀！」的聲音，流暢的文字寫下三角形三邊的角度。

我要專心……

不斷集中精神，感覺愈來愈敏銳。周遭的聲音逐漸遠去，甚至讓我產生這個世界上只有我一個人的錯覺。

就連眨眼的瞬間也不願錯過的雙眼，緊盯笹木老師的一舉一動。班上其他同學感覺都像是被塗了一層白色。

沒問題。如此相信的我心中燃起希望。

還沒。

還不行。

再等一下……

……來了！

笹木老師寫完算式的瞬間，我用雙手擺出貓的動作。就在粉筆輕敲黑板兩下的瞬間，老師為了清嗓子而吸一口氣。

（就是現在！）

我擺動雙手轉圈並且悄聲說出：「喵喵。」

結果——我成功了！

混在笹木老師用力清嗓子以及敲粉筆的聲音裡，周遭眾人都沒聽見我那像是蚊子叫的細微聲響。很好——我也不禁暗自竊笑。

但就在我露出笑容的同時，心臟有種被緊緊揪住的感覺，不由得僵在原地。

不知為何，笹木老師的視線直直瞪著我。

清嗓子的同時說聲：「那麼，這個問題就——」並且轉身的老師清楚看見我的舉動。

「…………」

「…………」

沉默。

猶如置身深海的沉重沉默。

笹木老師大嘆一口氣，什麼話也沒說便指著我。

然後用大拇指指向黑板，施加「過來回答這題」的壓力。凶狠的目光不容分說地傳達「要是答不出來你應該知道會怎麼樣吧？」的殺氣……老師不能對學生散發這麼強烈的魄力吧？

我若無其事地朝隔壁瞄了一眼——只見日葵用課本遮住臉，肩膀抖個不停，了解到這傢伙派不上用場。

我輕呼一口氣，已經有所覺悟。

「……對不起。我沒在聽課。」

笹木老師面帶微笑。看起來十分溫和，但是太陽穴明顯爆出青筋。

「喵太郎。午休時間過來輔導室。」

「……是。」

其他同學們紛紛疑惑說著：「喵太郎？」「怎麼了嗎？」同時間我獨自在腦內舉辦反省大會，思索這次失敗的原因。

在東京時，有我做成飾品的花替我加油。我以為這次只要運用當時的訣竅就能成功，卻沒注意到有個致命性的疏失……這麼說來，這裡沒有站在我這邊的花。

♣ ♣ ♣

午休時間的輔導室。

我在笹木老師面前啜泣。這並不是因為被笹木老師罵，而是深刻體認到自己的愚蠢……

「所以說呢？我上課的時候你到底在搞什麼？」

「呃……那究竟在做什麼呢？我自己也不太清楚。」

冷靜想想，真的不知道自己到底在幹嘛……？

說真的，這只是在自己的生命中留下怎麼想都只能說是鬼迷心竅的蠢事，並對人生感到絕望。笹木老師好像也覺得我很可憐，沒有多加責備。真是個好人……

「夏目。我還以為你是個雖然不起眼，但是個性認真的學生……」

「非常抱歉……」

被狠狠訓了一頓之後，終於從說教之中得到解脫。

笹木老師打開窗戶，一陣暖風吹了進來，室內溫度也稍微上升。

「這麼說來，夏目。聽說你校慶時要做跟飾品有關的事吧？」

「啊，是的……」

對了，那個時候已經將申請表交出去了。

「今年我們不想只做展示，而是舉辦販售會。」

「嗯，也是啦……」

「這樣果然不行嗎？國中時我曾用過『所得捐給慈善團體』這樣的名目……」

「對啊。既然是學校舉辦的活動，不能從事學生個人販售的行為。如果要辦，同樣需要一個公益上的名目才行。你是想要賺錢嗎？」

賺錢……

老師雖然說得很直白，但是這樣不會產生不必要的誤會，確實幫了大忙。

「不。比起金錢方面的利益，我比較想累積對未來有幫助的經驗……」

「那麼我就不反對。而且其他社團擺攤的條件也是一樣。學校活動也有促使學生成長的目的，你要舉辦販售會這件事本身我是不反對……」

笹木老師一臉認真地傾聽我的意見。

明明不是園藝社的顧問，還是會為了我們著想。這讓我再次體認他真的是一位細心的老師，這時笹木老師也聳聳肩。

「無論如何，拜託你們可不要鬧出什麼問題。」

「好的。」

距離校慶還有不到兩個月的時間。

日葵的事也很重要，但是我也應該認真面對以「you」名義進行的所作所為。更重要的是，這次的狀況不同於以往，我有著明確的目標。

校慶最適合用來實踐在天馬他們的個展上學到的東西……也就是擺設及銷售。既然我們平常主要透過網路販售飾品，這就更是一次必須把握的機會。

沒想到這麼快就有機會可以試著實踐我那趟東京旅行的成果。我懷著不知不覺間變得激動的

心情，遙想即將到來的校慶。

……這時的我，還是沒有任何懷疑地抱持希望。

◇　◇　◇

午休時間。

我沒去科學教室，而是到其他班級吃午餐。女生們併攏桌子，開心地聊著女子話題。

「而且啊～商店街新開的那間義大利麵店真的超好吃～好像是在海外學成歸國的主廚開的店～雖然有點貴，但是生意一直很好，很推喔～」

一起吃午餐的女生當中，有兩個人回應：「是喔～」並且點頭。

一個是眼鏡同學。她是管樂社的二年級學生，在社團裡好像負責統領同年級的社員。給人的印象是配合度很高的大姊型吧。喜歡下流話題，這個部分跟我很合得來。

另一個是麻花辮同學。同樣是管樂社的二年級學生。從小由祖母帶大的她是熱愛古裝劇的超級戲迷。乍看之下個性沉著，其實是個用「敝人」自稱，性格無敵鮮明的女生。

眼鏡同學沉吟說聲：

「嗯——不過平常沒事不會跑到商店街那邊耶。」

「這確實是個問題～何況有將近一半的店都收了。哥哥好像也為了因應人口流失而傷透腦筋的樣子～」

我坐的椅子動了一下。

但是我沒放在心上，繼續閒聊。一口咬下便當裡的高湯煎蛋捲，高湯的美妙滋味隨即滿溢口中……

「我也是在舉辦祭典時過去，平常還是AEON那邊比較方便～」

「就是說啊。都是商店街的位置太偏僻了。」

「畢竟東西兩邊都被山擋住了～一開始就是把商店街蓋在山腳下，所以這也沒辦法～」

「犬塚同學。會不會是因為那裡有座大型神社，所以才以神社為中心發展出聚落呢？」

「這個嘛～如果真要說是這樣演進的，確實也能夠理解……」

我坐的椅子像在抗議一般，再次動了起來。

對面的兩個人也沒放在心上，繼續聊著這個話題。

「這麼說來，十號線那邊好像在施工吧？」

「啊。妳是說那塊空地嗎？」

「嗯。本來是柏青哥店的那個地方。不知道是要蓋什麼耶？犬塚同學有聽說嗎？」

「那裡好像要開UNIQLO喔～」

兩人聞言睜大雙眼。

「喔～那好耶。」

「但是以一間UNIQLO來說占地太大了吧？其他地方是停車場嗎？」

「聽哥哥說好像會有星巴克跟辛麵屋之類的店家進駐，會蓋成外觀統一的店鋪，變成時尚的綜合設施喔～」

「敝人所在的城鎮要有都會區了！」

「根本是都會區嘛！」

當我們三人熱鬧地喊著：「好期待喔～」、「對啊～」我坐的椅子又動了起來。

於是我也忍不住抗議。

「真是的～榎榎，妳不要亂動啦～」

讓我坐在腿上的榎榎一臉不爽地說道：

「……小葵為什麼要坐在我的腿上吃飯呢？」

我就是在等她發問，於是得意洋洋地回答：

「當然是為了跟榎榎調情啊～四個人的話桌子太小了，只要讓我坐在妳的腿上，一切都解決了吧！」

「…………」

姆嘎啊啊啊……！

榎榎、榎榎！不可以這樣沉默不語捏我的上臂！這樣會在我自豪的肌膚留下一輩子消不掉的傷疤啦——！

——啊！等一下喔？？？

「如果是因為榎榎而不再純潔好像也不錯……♡」

「……小葵。好噁心。」

討厭！

沒有半點虛偽的真心痛罵特別傷人呢。果然還是這樣才像榎榎☆

「這樣我就沒辦法吃飯了……」

「啊，既然如此就早說嘛～我來餵妳吃喔。」

我用筷子夾起榎榎便當盒裡的小番茄。

「啊～」送近她的嘴邊。榎榎打從心底覺得很麻煩地伸手擋住。

「小葵。我自己吃……啊！」

然而因為手碰到的關係，光滑的小番茄就這麼滾下筷子。

就像童話裡《老鼠與飯糰》的飯糰一樣滾呀滾地……掉進榎榎胸前的事業線。簡直就像職業高爾夫選手的一桿進洞。

啊……四周頓時陷入微妙的寂靜。

我的臉頰頓時發紅，害羞地遮著嘴巴。

「榎榎……這樣未免也太色了吧？」

「還不都是小葵害的~~~~~……！」

姆嘎啊啊啊啊啊啊啊啊啊啊啊啊啊啊啊啊啊啊啊啊啊……！

遭受滿認真的鐵爪功攻擊，我難聽的哀號響徹四周。至於男生們投來的視線，則是由榎榎的兩名朋友華麗擋下。

榎榎一臉不高興的模樣，撿起小番茄放在便當蓋上。這個女生的一舉一動真的自然流露出性感氛圍耶……

「等一下洗洗再吃。」

「啊，不然我……」

噫！

開玩笑的，我是開玩笑的。就算是我，也不會說出想吃美少女的乳溝夾過的小番茄這種變態發言噗哈哈哈哈……所以拜託別用那種好像會殺了我的眼神看過來喔。

「小葵。妳快點原諒小悠吧。」

「才不要～唯獨這次，就算是我也絕對不會那麼輕易原諒他。看到那個毫無防備的喵喵臉，就算是百年的戀情也會變質呢！」

榎榎的朋友們面帶竊笑對著彼此點頭。

「哎呀，夏目氏真是有勇氣。」

「一臉連蟲都不敢殺的樣子，竟然跟這個巨乳美女來場纏綿的飯店約會啊。」

「整件事聽起來完全是戰場啊。但是為什麼犬塚同學會這麼自然跑來跟凜音吃飯呢？」

「啊，敝人也是這麼想。元配跟小三在這邊曬恩愛也太奇怪了吧？」

榎榎小聲吐槽：「才不是小三而是朋友……」但是她的朋友都沒在聽。

「呵！」我先是淺淺一笑，靈活地在榎榎腿上轉身。跟榎榎面對面之後，我伸出雙手環抱她的脖子並發出「呵呵呵！」的笑聲。就像電影當中玩弄男人的壞女人會擺的姿勢。

「一開始的時候我當然也是氣到發狂嘍。但是仔細想了一想，都是那個臭喵喵混蛋不好，錯不在榎榎吧。」

「小葵。閃邊。」

「我們都被同一個男人玩弄，也懷抱同樣的傷痛。換句話說就是同志。在這個世界上，沒有其他比我們更互相了解的存在。」

「小葵。妳很礙事。」

嗯呵呵～真是的，榎榎真是冷漠～

但是呢，我知道喔。榎榎會擺出這種態度，是因為她拚命想要保護自己。也就是所謂的武裝。這也代表榎榎是個容易受傷的純情女生。

所以我才會不斷向榎榎伸手。就像在下雨天，即使手會被咬，也要把被人棄養的狗抱回家的感覺。

榎榎也被我這番話深深打動。

收起直到剛才的冷漠表情，以濕潤的眼睛回望著我。

（啊，這表示有機會吧？）

她對我露出跟男生想接吻時一樣的表情。

我的腦內法庭召喚出小小天使與惡魔。

惹人憐愛的天使搶先舉手。

『我覺得女生跟女生不行！』

針對這個發言，感覺很狡猾的惡魔慵懶地反駁。

『這種偏見不太好吧～？想法要再更全球化一點啊～』

『這裡是學校喔！就算我是世界上最可愛，榎榎是世界上第二可愛……』

『啊～是是是。天使美眉真是認真呢～』

惡魔美眉站起身來，不知為何朝著天使美眉走去。

她伸出手指抵著跟橡果一樣可愛的下巴向上抬起。「呵！」惡魔美眉露出帥氣女子的笑容展露微笑。

靠近天使美眉的耳邊，用冷漠的感覺低語：

『不然——我們先來試試看行不行吧？』

『呼、呼咦咦咦咦～……！』

滿臉通紅的天使美眉就這麼被惡魔美眉推倒，腦內法庭就此結束。

我猛力睜大雙眼。

——很好，有機會！我用手指輕觸榎榎的嘴唇，以甜膩的嗓音對她低語：

「榎榎，比起男生，乾脆兩個女生在一起比較好吧？」

「小葵……」

榎榎的吐氣莫名帶著一股熱意。

……糟糕。我感覺有點心癢癢了。

咦～不行啦，不行不行。要是真的在這種地方親下去，我就真的是好色女了。

但是……算了，沒差啦。說穿了既然是我跟榎榎，應該算是偏向可以的超可以吧。對別人來說甚至是大飽眼福呢。就算被畫成一幅畫也不意外吧？不如說那個光景太過神聖，足以讓全世界的人們重新取回和平的心，還能阻止暖化現象。

我就這麼趁勢將嘴唇貼上榎榎的嘴——

不過在親下去的前一刻，果然受到鐵爪功的攻擊就是了☆

我發出「姆嘎啊啊啊啊啊！」的哀號，並且從榎榎的腿上被拉下來。

榎榎一臉真心感到生氣的表情，惡狠狠地站在我面前。

「小葵。妳鬧夠了吧！」

「嗚嗚～榎榎好冷漠喔～」

嘖。還是不行啊。

由於計畫失敗，我便裝哭蒙混過去。雖然還想若無其事地摸一下榎榎的胸部，但是伸出去的手也在前一刻被拍掉。超痛的……

「噗～」我鼓著臉頰拿起空的便當盒，對著榎榎吐舌頭。

「算了～就算榎榎後悔，到時候我也已經在其他女人的懷裡了～」

「……小葵。真虧妳可以讓大家以為妳是優等生耶。」

我只是會選擇在誰面前露出本性而已。也就是很懂得拿捏分寸。不如說這正是身為能幹女人的證明。

將便當盒收進袋子裡，我用力做了一個伸展。

「好啦～既然榎榎都這麼說了，我也差不多該原諒悠宇了～而且也玩過喵喵遊戲了。」

「妳一開始這麼講不就……咦？喵喵？」

「嗯。在笹木老師的數學課上，我跟他說想要我原諒就照做。」

「那樣沒問題嗎？」

「嗯呵呵～結果被笹木老師發現，中午就把他叫去輔導室啦～」

「小葵……」

噗哈哈哈哈。

好吧，無論如何都需要一個淨化的過程。這也是為了轉換心情。

「差不多要開始準備校慶的活動，所以今天放學後要去AEON～」

「喔……」

不怎麼感興趣的榎榎喝著午後紅茶，嘆了一口氣。

「不要太欺負小悠喔。」

「這我就不敢保證了～」

「真是的……」聽著背後傳來榎榎的聲音，我就此離開教室。一邊搖晃便當袋，一邊將Yoghurppe喝光。

真拿他沒轍。

如果沒有我，悠宇真的什麼都辦不到啊～在這個狀況由我溫柔地陪伴在他身邊，才能維繫兩人的羈絆。

（校慶如果沒有只想著我，那可就不能輕饒嘍～♪）

……這時的我，還在悠哉地想著這樣的事。

III Turning Point.「接」

放學後。

我跟日葵一起來到AEON。這當然是為了預計要在校慶販售的飾品。

這次我還沒種花，因此必須最優先處理這件事。然而為了挑選種植的花，就要先決定這次飾品的主題。

所以我們按照慣例過來尋找靈感。在31冰淇淋點了雙球甜筒之後，在旁邊的座位納涼一下。

草莓起司蛋糕好好吃。

「靈感啊……」

「咦？完全沒有頭緒嗎？真難得耶～」

「嗯——既然是秋天的花，所以想著重寂寥的感覺啦……」

「不太明確呢～」

沒錯。

自從四月之後，我主要做的新作品……有榎本同學的鬱金香髮飾、為校內學生製作的客製化飾品，還有紅葉學姊的向日葵皇冠。

最近一直都是其他人帶著題目過來，很久沒有遇到「自由創作」的狀況，頓時讓我的腦袋有點難以切換。

該怎麼說……就像當有人鄭重其事地問：「你想表達的東西究竟是什麼？」反而說不出話來的那種感覺。

日葵邊舔著抹茶冰淇淋邊提議：

「那要去書店看看嗎？」

「喔～最近都沒有朝這個方向呢……」

看些介紹近期時尚的書，藉此取得靈感。

直到今年春天之前，我們通常採用這種方法。就回歸原點來說，或許也是不錯的方式。

「好啊，吃完冰淇淋過去看看吧。」

「嗯呵呵～感覺好久沒有像這樣只屬於我們的時間了～」

「的確，這麼說也是。」

仔細想想，很久沒有這麼平穩的時間了。

最近一直都是手忙腳亂。這也讓我覺得總算回到我們原本的時間。
當我如此心想時，日葵突然伸手戳了戳我的鼻頭。
「嗯呵呵～悠宇，校慶期間你只能看著我喔～♪」
「我、我知道啦……」
今天花了一整天總算討了日葵歡心，她現在看起來心情很好的樣子。
我們的心情都比暑假時多少沉穩一些，但在大庭廣眾之下這麼做還是很害羞。暑假時的我竟然能容忍這種事，到底怎麼了……
（為了保護這段平穩的時光，我得好好振作才行。）
為此，這次的校慶要著眼於讓自己更上一層樓——
「你在想『要著眼於讓自己更上一層樓好好計劃』之類的事吧？」
「唔哇啊！嚇死我了——！」
突然有個輕浮男的聲音從身後傳來。害我嚇得不小心弄掉冰淇淋，幸好有穩穩接住。
不只是聲音，真木島本人也「啊哈哈哈！」笑著搭上我的肩膀。他的手上正拿小倉吐司口味的冰淇淋。
「……真木島。你是什麼時候跑來的？」
「別把我說得好像妖怪一樣。我們可是正大光明來買冰淇淋，是你們沉浸在兩人世界裡才沒注意到吧。」

「煩死了。而且你跑來這裡幹什麼？不是有社團活動嗎……」

「今天是練習器材的檢查日。現在那些一年級的正在拚命檢查。事情處理完畢之後，我也要立刻回去練習了。」

「喔喔，這樣啊……你剛才說『我們』？」

當我覺得有點在意而反問時，只見還有一個人坐在他那桌。

該說果不其然嗎……正是榎本同學。她拿著跟我一樣的草莓起司蛋糕口味冰淇淋。

「榎、榎本同學也來了。管樂社不用練習嗎？」

「小慎硬是把我拖來的。」

即使是跟平常一樣似乎不太高興的冷漠表情，舔著冰淇淋的身影也是有模有樣。

當我想著這種無關緊要的事時，因為被人打斷對話而氣憤不已的日葵對著真木島散發足以迸出火花的殺氣。

「嗯呵呵～你這個混帳礙事蟲，知不知道這裡不歡迎你啊～？」

「啊哈哈。這是我的人生，想怎麼做是我的自由吧？而且論及給別人添麻煩這點，我想日葵也跟我差不多吧？」

火花四濺……

這兩個傢伙真的很要好耶。當我悠哉地舔著冰淇淋時，真木島的視線再次繞回我身上。他露出相當刻意的笑容，在我旁邊的椅子坐下。

「小夏啊。你似乎正在苦惱校慶上販售的飾品，該用什麼樣的靈感去做吧？」

「這是接下來要決定的事，還不至於苦惱……」

「原來如此、原來如此。你這麼困擾啊。真是辛苦呢。」

「這傢伙完全沒在聽人講話……」

依照這個發展……肯定是在想些無謂的策略。而且他今天早上也說了。如此一來，很有可能又會對我提出麻煩的建議。

我絕對要阻止他。好不容易穩定的日子怎麼能夠被他搗亂。

「那麼我們要去書店……」

「喔喔～？你該不會是想拋下小凜吧？遇到這個狀況竟然能說出這種話，你這個人真是冷血耶。」

「不對，榎本同學是你有事找她吧……」

在校外遇到同學時，總是會覺得有點尷尬吧。我利用這個心理說出極為正當的意見，但是真木島以沒這回事的樣子搖搖頭。

「有那種像是戀愛喜劇一樣平常都在打情罵俏的兒時玩伴，誰受得了啊。」

「呃，這個世界上說不定有啊……」

「至少我們與兒時玩伴的關係都很冷漠。來到這裡的路上，我被她唸到快要煩死了。」

「那麼為什麼還要帶榎本同學過來啊……？」

當事人榎本同學則是在跟日葵聊天。

呃～她們是在聊什麼……「小悠在跟小慎聊天時感覺很開心耶。」、「咦，該不會是基友吧？」、「……有可能。」什麼跟什麼啊。拜託絕對不要在學校之類的地方，說出這種會讓人名譽受損的話。

「喂，真木島。你想說什麼就直說好嗎？」

「……也是。我還得回去參加社團的練習，速戰速決吧。」

真木島一邊舔著冰淇淋，攤開折扇搧了幾下。

然後他瞪大雙眼看著「我們三人」。

「你們是不是有默默拉開彼此的距離啊？」

——驚！我們同時做出反應。

然後陷入沉默。自然而然地撇開視線。

「不，倒也沒有……」

「就、就是說啊。今天才跟榎榎一起吃午餐耶。」

「小慎不要說那種奇怪的話。」

真木島不屑地笑了一聲。

「別想蒙混過去了。小夏、日葵，你們都要著手準備校慶販售的飾品了，為什麼不找小凜一起？直到暑假之前，你們三個不都是黏在一起嗎？」

「榎本同學還有管樂社的練習……」

「你應該知道管樂社對小凜來說只是打發時間吧？」

「這……」

見到我說不出話來，真木島也移開視線。

「小凜。妳為什麼不跟著小夏他們一起行動？事到如今大家都知道妳的個性不會說什麼『因為他們沒有約我』這種話喔。」

「……沒什麼。我們只是普通的朋友。不可能一直一起行動。」

「昨天妳還那麼戲劇化地拯救他們脫離險境，這樣說不通啦。」

真木島發出愉快的笑聲。

我們只能抱著有點不自在的感覺回應：

「真木島。你到底想說什麼？」

「我的意思是要你們一起努力製作校慶販賣的飾品。只有一個人被排擠也很寂寞吧？我在旁邊看著都覺得心酸了。」

「這是當事人的自由吧。」

「小凜是這麼想的嗎？」

榎本同學點了點頭。

「校慶時我會參加管樂社的表演。而且我在那邊也有朋友。」

「喔……」

真木島一口咬下變小的冰淇淋，一邊嚼著脆皮杯一邊說道：

「你們校慶不准分頭行動。」

「啊？這種事沒道理由真木島決定吧。」

我朝日葵她們看了一眼，兩人也都點頭認同我的說法。

這樣就是三比一。雖然這不應該是多數決定，至少現場的其他人意見一致。現狀是只有真木島一個人在鬧脾氣。

然而真木島以受不了的模樣嘆了一口氣。

這個舉動讓我覺得有些蹊蹺。不，重點不在他的舉動。感覺真木島散發的氛圍為之一變。

他用比剛才更為銳利的眼神瞪視我們。手拿折扇輕輕拍打自己的掌心，真木島用更加強烈的語氣說道：

「你們這是要違逆『贊助商』嗎？」

「……啊？什麼意思？」

看著無法理解的我們，他以「真拿你們沒轍的態度」聳了聳肩。接著將所剩不多的脆皮杯丟進嘴裡，有點不開心地說下去：

「『你們以為可以像這樣沒有缺少任何一個人，順利迎接第二學期是誰的功勞』？」

「不，我還是不懂你的意思。與其說是誰的功勞……咦？」

真木島開始做出某個手勢。

首先是雙手做出像在一頁一頁翻過整疊文件的動作……不對，這是那個吧。是數鈔票的動作。就跟我在家中便利商店打工時，在辦公室裡整理現金的爸爸一樣。

接著做出將整疊鈔票塞進似乎是個大包包（？）裡的動作。然後動作俐落地撩起頭髮，露出牙齒閃耀光芒的笑容……這是代表雲雀哥吧。

然後又伸手遮住嘴巴，擺出「喔～呵呵呵」大笑的舉動。給人這種印象的，大概是紅葉學姊吧。最後雙手做出將剛才那個塞有鈔票的包包拋出去的動作……啊。

我知道了。

我看出他想表達的事情了。

我們腦中閃過之前放暑假時——日葵差點要被紅葉學姊帶去東京時，在真木島臨機應變之下準備的那一筆錢。

「…………」

見到我們三人都說不出話來，真木島一副勝券在握的表情打開折扇。

「哎呀哎呀。你們什麼時候有了『自己的高中生活是屬於自己的』這種錯覺啊？」

「啊，不，但那是……」

「『我用這筆錢』，買下了小夏跟日葵，還有小凜的高中生活啦。」

也不是把這件事忘得一乾二淨……

但是真木島後來什麼話都沒說，也因為很多事忙得頭昏眼花。確實因為這樣而把這件事拋諸腦後了。日葵與榎本同學同樣感到困惑。

「真是的，你們每次遇到關鍵時刻都太鬆懈了。也難怪紅葉姊能夠趁虛而入。多少有點成長好嗎？」

「不對，那筆錢應該是雲雀哥付的……」

「你覺得那個完美超人做事會這麼講人情嗎？」

「唔……」

不會。

那個人做事總是堂堂正正。即使這樣會對自己不利，也會接受這一切。

……而且他不只是對自己秉持這樣的原則，對待他人也是。

也就是說——

「真是的，為了償還那筆錢，我最近很缺錢耶。就連買雙新的網球鞋都得省吃儉用才行。不過要是因為這點程度的劣勢就沒辦法稱霸全國，那麼我終究只是這種程度的男人罷了。」

「不不不不！真木島，你說的是真的嗎？」

「我雖然輕浮但從不說謊。買下你們高中生活的錢，說好了是每個月從我的零用錢當中一點一點扣除。雲雀哥因為這筆錢是幫助自家人的關係，就不跟我算利息了。未來找到工作時，第一份薪水已經確定要怎麼用了。啊哈哈。」

「那是我們的問題，不是真木島應該背負的責任！」

「我是憑自我意願花這筆錢的。而且要『買下債權』時，基本上都是用現金一次付清。小夏啊，你有這麼多錢嗎？」

「唔……！」

沒有。

就算將我們「you」所有資金翻出來……說真的，應該也是完全不夠。正因為真木島明白這件事，所以他的態度才能一直這麼強硬。

「放心吧，我也不是惡鬼。不會堅持要做違背你們意志的事……例如像是『禁止製作飾品』之類強人所難的命令。」

照理來說只要他有意，也能夠這麼做……沒錯，這就是在暗指命令我「跟日葵分手並和榎本同學交往」這種事。

面對真木島的提議，我們都有不祥的預感，抱持警戒聽他說下去。

「這次製作校慶要用的飾品時，我有『三個條件』。」

真木島從食指依序豎起三隻手指。

「一，在校慶結束之前，製作飾品時『三個人必須一起行動』。」

「二，飾品的主題是『榎本凜音』。也就是『為了小凜製作的飾品』。」

「三，當成員意見產生分歧時，『以小凜的意見為優先』。」

一口氣說完之後，最後又補上一句。

「當然了，也會出現無論如何都不可能的狀況。例如不得不以家庭或是學業之類為優先的時候。我認同這樣的例外。只要『盡可能』就可以了。」

真木島說聲：「我要講的話就是這些。」便站起身來。

面對這個情況，榎本同學對他說：

「小慎。這個做法『真不像你』呢。」

「…………」

我不知道這是什麼意思。

然而真木島瞬間不耐煩地咋舌。不過下一秒，他又露出跟平常一樣輕浮的笑容。

「小凜。瞧妳因為贏過我兩次就這麼得意洋洋……但是不會有第三次嘍。」

他拿著收攏的折扇輕拍我的肩膀。

「小夏啊。這對你來說應該不是一件壞事。」

「什麼意思？」

「這是你最喜歡的『試煉』啊。只要把這件事當成未來的預演就好了。如果有人要出資贊助『you』，拋出超乎這種程度的難題可以說是常有的事。你應該也知道，這個社會『出錢的人最大』這點吧？」

「…………」

真木島恢復一如往常的態度，拋下一句：「那麼我走了。」就此離開。

我只能茫然地面對這個猶如暴風雨來襲的狀況。日葵等人也是一樣難掩困惑的神情。

「出錢的人最大」。

就在前陣子，我在東京目睹了這件事。

不只是我跟榎本同學而已。

天馬跟早苗小姐，還有那個留著鬍碴的「師傅」等等。說到頭來……若要問起那些人的中心人物是誰，毫無疑問就是「紅葉學姊」。

這次只不過是真木島坐在那張椅子上。

這確實是現實，我無從否認。如果有空去埋怨這個已經成形的社會規範，倒不如利用它並努力讓自己成為「強者」比較健全。

關於這點我能明白。

但是用這種方式逼迫我們理解自己的存在有多麼渺小……

還是讓我感到有些不甘心。

IV

「虛幻的愛情」

隔天的午休時間，我們來到科學教室集合。

我、日葵，還有榎本同學。三人坐在六人大桌旁，由我率先發言。

「那麼，現在開始作戰會議。」

「喔～！」日葵跟榎本同學都舉手回應。

議題當然是討論怎麼解決真木島……不對，是關於製作校慶飾品的事。

「昨天回家時，我跟妳們說的事都思考過了嗎？」

「當然啊～」

首先是日葵。

她一臉笑咪咪的樣子，不知道從哪裡拿出一本紙卡。就是那種搶答節目寫下回答用的白色紙板。到底是從哪裡拿來這種東西的……

她在上頭流暢寫下回答。一臉得意地將紙卡翻過來一看，圓圓的字跡寫下這幾個字。

「拜託哥哥把他埋在深山裡☆」

所以說現在不是要討論怎麼解決真木島啦。

而且還在空白處寫下「要準備的東西！」並列舉出燒烤道具還有煙火是怎麼回事？完全是第一次去露營而雀躍不已的心情……

「駁回啦，駁回。榎本同學，請妳讓我們見識一下範例。」

「……好。」

榎本同學從日葵手中接過紙卡。

咦？該不會今天一直都是這種模式吧？這麼說來，昨晚電視好像播了搶答節目……

榎本同學一臉認真地想了一下，隨後流暢寫下她的回答。表情雖然冷漠，但是感覺滿有自信地翻過紙卡。

「在小慎家的練習球場設下陷阱裝成意外。」

「拜託別再想要怎麼解決真木島好嗎？欸，讓我們回到普通的校園生活吧？」

這不是看誰能最不留痕跡順利解決的比賽啊。

雖然大家團結一致是很開心，不過實在不想因為這種事體會這種感受……

「我是拜託妳們想想『這次的主題本質為何』……」

「悠宇有說過這種話嗎～？」

「看這個反應是真的沒在聽……」

日葵同學，妳到底看真木島多麼不順眼啊……

根據真木島提出的「三個條件」，這次的主題是「榎本凜音」。也就是要以榎本同學為原型製作飾品。這件事本身與四月那時製作鬱金香髮飾一樣。

但是我想了一整個晚上……得出的結論是這次的主題與四月是截然不同的東西。

聽到我這麼說，日葵偏頭表示懷疑。

「這跟鬱金香髮飾那次有哪裡不一樣呢？」

「上次是『做出適合榎本同學的飾品』。相對的，我總覺得他這次的意思是要我『用飾品表現榎本同學這個人』。」

日葵說聲：「喔，這樣啊？」手肘突然靠在桌子上，以性感的動作扭動身體。然後抬起眼神裝出甜膩的嗓音：

「欸～老闆～來杯調酒表現我這個人吧～」

「啊～確實有這種感覺……」

先不管那個模仿的精緻程度有多高，感覺方向是對的。

日葵以厭惡的模樣吐出舌頭，舉起雙手表示投降。

「嗯～我大概不喜歡這種～」

「嗯，日葵應該不喜歡吧……」

真要說起來，這不像是創作者，而是偏向藝術家的觀點。

感覺就像是在金銀財寶沉眠的洞窟裡，被人說「可以隨意拿走一個」一樣。不但沒有正確的答案，眼前無數的回答都是正確答案。

日葵舉手發言：

「話說悠宇真的要答應他的條件嗎？說真的，我覺得這次根本只是真木島同學在找碴。」

「關於這件事，雲雀哥是怎麼說的？」

日葵聳了聳肩。

「總之，那傢伙說的好像都是真的。哥哥給我看了類似還款計畫的東西。從確實準備契約書這點看來，還挺像那兩個人會做的事。」

然而日葵「嘿！」笑了一聲。

「但是哥哥也說：『慎司沒有權利約束你們的行動。』」

「咦？是嗎？」

「說起來有點強詞奪理，但他的意思好像是『終究只是慎司憑著自我意志來跟我借錢而已』。借錢歸借錢，要怎麼運用是另一回事。如果他真的想賣我們人情，那這件事應該要事先取

得我們的同意才行。」

「但是如果真木島沒有那樣做，日葵就會被紅葉學姊帶走吧？」

「重點在於我們必須事先同意他這麼做啊。既然他沒有一開始就向我們提出『看是要去東京，還是成為我的奴隸』這種選擇，那傢伙就只是單純撒錢，然後沉浸在自我滿足裡而已。」

「自我滿足……」

真不愧是雲雀哥，說話毫不留情面……

日葵懶散地趴在桌上，以嫌麻煩的態度嘆一口氣。

「實際上，他們的契約書也只寫到借款項目而已，並沒有提及我們要怎麼做。所以沒有必要對那傢伙言聽計從喔。」

「這樣啊。原來如此……」

我在腦中整理出至今的原委。

・真木島為了幫助我們，向雲雀哥借了一大筆錢。

・他想利用暑假那件事的人情，透過這次的校慶達成某些目的。

・但是根據雲雀哥的說法，我們沒必要服從他。

順帶一提，不只是日葵……榎本同學似乎也覺得不需要照著真木島說的話去做。

如此一來，就看我如何判斷了……

「既然確實是得到他的幫助，我也無法無視真木島說的話。」

真木島說得沒錯，那筆錢本來是我們應該背負的東西。

就算真木島自願替我們扛了下來，我也沒辦法在一旁因為感到幸運而發笑。

「討厭～悠宇也太天真了～」

「……對啊。天真。真的太天真了。」

真木島昨天說的話起了效用。

這次可以說是我澈底輸給那傢伙。

暑假也輸了。但是那時是因為面對紅葉學姊這個破格的對手，所以勉強還能妥協。同時也成了讓我振奮起來的契機，心想「只要往後能追上她的腳步就好」。

但是這次的對手，是同年的真木島。

說不贏那傢伙……應該說完全任他擺布這件事讓我莫名火大，內心也為之騷動。

這不是因為我對真木島這個人感到不爽……只是被迫面對自己終究只是個天真小鬼這個不堪的事實。

如果這件事發生在未來成為獨立創作者之後呢？

很有可能只因為我的一時疏忽，導致至今努力打造起來的「you」這個品牌，完全受到他人的控制。

假設我屆時擁有店面，說不定還得放棄。

如果我身為創作者建立一定的地位，也有可能會被奪走這樣的權利，導致我無法再度自由地進行創作。

在我滿腦子想著要更加精進自己身為創作者的能力時，真木島證明他可以從完全不同的角度切入，將我們全都掌握在他的手中。我就是敗給了只要露出破綻，就會毫不留情遭到吞噬的社會既有規則。

這點讓我非常不甘心。

所以，正因為如此……

我想對那傢伙報一箭之仇。雖然不知道真木島跑來向我們提出「三個條件」究竟有什麼盤算，但是我想超越他的計畫贏過他。

一想到這裡，我的內心深處也熱了起來。就跟我在東京強烈希望自己能與天馬他們相提並論時一樣，讓我覺得之後還有進化的契機。

我得到自己的結論了。

「我要做。這次我要制止真木島『真正的目的』，並且成功在校慶舉行飾品販售會。」

「…………」

日葵大嘆一口氣。

「說好了校慶時眼中只能有我的～」

「抱歉……不過這也沒有什麼問題吧。」

「話是沒錯～但是本來想跟悠宇多卿卿我我一點的～」

「製作飾品與擺設工作會在前一天完成，我打算當天要空出一起玩的時間。」

日葵賭氣似的撐起身體。

「悠宇真是不懂！校慶對於高中二年級的學生來說可是大活動耶！」

「咦，是嗎……？」

「明年我們就是準考生了，這是最後一次以學生這個自由而且難以追究責任的身分，盡情在學校裡玩得痛快的機會了！」

「這個說法也太過極端。絕對不要做出什麼壞事喔。」

只要說是留下最後的回憶之類不就得了。

而且我還不確定是否要準備大考，至於日葵在念書方面應該游刃有餘吧。總之今年我想老實又純潔地享受校慶，所以希望日葵可以配合一下。

「好吧，算了～那麼，總而言之飾品該怎麼辦？」

「嗯——跟昨天一樣吧。既然主題已經決定，接下來就要決定使用哪種花……啊，但是午休快要結束了。」

跟日葵聊著聊著，榎本同學已經不知不覺整理好東西，準備回教室了。她手裡拿著書包，一臉冷漠地說聲：

「那就放學後再討論吧。」

「榎本同學，這麼做好嗎？」

「既然小悠都說要完成小慎提的條件，那麼我沒意見。」

「這、這樣啊。謝謝妳。」

「嗯。」榎本同學冷漠回應之後便離開科學教室。

留下來的我跟日葵莫名面面相覷。這時，日葵不知為何緊盯我的臉，語帶責備說道：

「……悠宇啊，你在東京真的跟榎榎什麼事都沒發生嗎？」

驚！

日葵步步進逼，我連忙伸出雙手與她保持距離。

「為、為什麼這麼問啊？」

「不不不，你們感覺明顯不太對勁啊。」

「哪、哪裡不對勁了？很普通吧？」

「還有什麼比那個本來全身散發『超喜歡你』氣場的美少女，突然變回冷漠態度更明確的證據嗎～？你們剛才也沒說幾句話吧。」

「只是因為我開始跟妳交往，所以才會有所顧慮吧……」

日葵說聲：「咦～？真的嗎～？」姑且不再繼續追究。

……冷漠態度啊。嗯，很冷漠。

沒錯，榎本同學只是顧慮我們的關係。只是發現我不知如何跟她相處，才會有所顧慮。

結果我終究什麼事都沒做。然而即使自己有所察覺，感覺也不能怎麼樣。

交了女朋友的男生，本來就應該儘量與其他女生保持距離。

「一般來說」想必是這樣。

♣ ♣ ♣

那天放學後。

我們三人為了找尋挑選花的靈感而離開學校。這讓人回想起暑假時為了達成紅葉學姊的課題跑遍整個城鎮的事。

在與那時的陽光相比，稍微……真的只有稍微溫和一點的殘暑傍晚，我們來到的地方——

可麗餅店「Tiffany」。

這是一間位於舊國道路旁，可以吃到美味可麗餅的店。

而且品項豐富，從甜點類到鹹食類的口味一應俱全。偶爾也會期間限定販售章魚燒，是間不停舉辦活動的店家。擺在店門口的「戀愛籤自動販賣機」是吸睛招牌。以前好像也有全國播放的綜藝節目前來介紹。

一邊吃著倒圓錐形餅皮裡擠滿鮮奶油的可麗餅，我與日葵她們一起面對面坐在圓桌旁。巧克力香蕉好好吃。

「那麼就來決定以榎本同學為主題的飾品要用的花吧。」

「好～」

日葵一口接著一口吃著鮪魚口味的鹹食可麗餅。

「嗯。我會努力。」

至於榎本同學本人竟然是甜點類跟鹹食類通吃。

呃，我能明白很好吃所以吃得下兩個的心情，但是這間店的分量滿多的，沒問題嗎……

「榎本同學。兩個吃得完嗎？」

「小事。」

不加思索。

真不愧是榎本同學，吃可麗餅的時候也很豪邁。雖然如同日葵說的態度有點冷漠，但是這樣酷酷的很可愛。

「由於是要表現出榎本同學這個人，所以我想了幾個方案……」

我拿出上課時將點子整理起來的筆記。

榎本凜音。

以她為主題，我試著挑出幾種花。

「首先是鬱金香。」

「嗯～鬱金香確實一整年都很容易買到，但是悠宇能接受用跟之前一樣的花嗎？」

既然被提到這點，我也很難反駁。

以前在挑選適合榎本同學的花時，最後選了紅色鬱金香。我不認為當時的選擇有錯，但是總覺得會被真木島批評：「啊哈哈。休想這麼輕鬆。」

更重要的是總覺得這樣有點偏離主題。

鬱金香髮飾的主題是「初戀」。那是看在我眼中的榎本同學，並非榎本同學這個人的意象。

我將筆記上的鬱金香劃掉。

「下一個是波斯菊。」

波斯菊。又稱秋櫻，是秋天的代表花之一。

既惹人憐愛又美麗，隨風搖曳的模樣更是別具風情。而且非常受歡迎，在園藝店也很容易買到。色彩種類豐富，很適合用來做成各種花卉飾品。更是大家的送花首選。

而且榎本同學是個美女，我想絕對很適合她……然而日葵卻以微妙的表情注視榎本同學。

「惹人憐愛的花啊……」

喂，日葵。

我知道妳想說什麼。而且也能明白榎本同學一副「有什麼意見嗎？」像在生悶氣的感覺，但是雙手拿著餡料豐富的可麗餅的模樣實在沒有說服力……

也把波斯菊劃掉之後，日葵笑著說道：

「乾脆用哈密瓜的花也不錯吧～」

「哈密瓜？是指水果那個嗎？」

榎本同學看著我，希望我能解釋一下。

我正好張嘴要咬可麗餅，鼻子不禁撞到鮮奶油。於是一邊擦掉鮮奶油一邊撇開視線。

「……哈密瓜的花語是『富裕』、『充足』、『豐富』、『多產』。也就是讓人聯想到飽食的印象。」

實際上是財富的象徵，所以算是滿令人開心的寓意就是……

「…………」

榎本同學看著雙手拿著一口接著一口的可麗餅——只見她的臉就這麼紅到耳根子。

忍不住站起來衝著日葵大喊：

「小葵————……！」

「噗哈哈～！妳現在沒手了，沒辦法對我使出最拿手的鐵爪功吧！」

拜託不要給店家帶來麻煩……

日葵繞過桌子來到我這邊，然後緊緊抱住我。

「呵呵呵～我就算沒吃兩個也能享受兩種口味呢～來，悠宇。啊～♪」

「咦……」

您的意思是要我把巧克力香蕉交出來吧。

日葵在「啊——！」的同時，也在環抱脖子的手臂施加力道。逼不得已的我只好把自己的可麗餅給日葵吃。啊，這傢伙吃掉好多鮮奶油……

「呃，日葵。就說在外面不要這樣……」

「嗯呵呵～呼嘿嘿呼呀嘿！」

「妳說什麼？」

「最喜歡即使如此還是會給我吃的悠宇了～♡」

是是是。

我害羞挪開視線——

「唔……！」

對上榎本同學朝我投來寒風刺骨的冰冷視線。這該不會是「快點我也要」的發展吧？

我緊張地加以戒備，沒想到榎本同學卻是轉過頭去。然後一口接著一口把可麗餅吃個精光。

簡直就像黑洞……咦，她真的全部吃掉了嗎？還是在表演魔術？

「我自己也有所以不用。」

「啊，這樣啊……」

冰冷的態度就跟四月重逢時一樣，然而與最近的反差實在太大，感覺快要感冒了……等等？

難道我剛才的想法被她看穿了嗎？那也太丟臉了吧？

「那麼，接下來像是撫子花？」

「喔，好耶～」

日葵的反應不錯。

撫子花。

跟萩花還有桔梗同為秋日七草的大眾花卉。那是帶著一點紫色的鮮紅花卉，這樣特殊的配色甚至讓其色彩命名為「撫子色」。另外也如同「大和撫子」這個說法，在惹人憐愛的外貌之中，帶有令人怦然心動的妖豔氛圍。

撫子花是從整土到澆水都需要悉心照顧的脆弱花種。尤其日本的夏天又熱又潮濕，修剪整枝也很重要。不過這樣難以培育的特色，也更替這種花增添魅力。

花語是「純真」或「純愛」之類。

就某方面來說，我覺得跟榎本同學很契合……

「…………」

咦？

榎本同學好像沒什麼反應。感覺完全沒有打動到她。

「榎本同學，妳不喜歡撫子花嗎？」

「……也不是不喜歡。」

原來如此。

雖然沒有不喜歡，但是感覺不是這個吧。

邏輯也很重要，不過我更想著重於感受的部分。既然榎本同學自己沒有很想用這種花，那麼沒必要勉強。

日葵理所當然地從旁邊靠過來分食我手上的巧克力香蕉。

「確實對榎榎來說有點太可愛了～」

「…………」

榎本同學以「妳說什麼？」的感覺伸手比成勾爪的形狀。受到威嚇的日葵偷偷躲到我背後。

……撫子花確實有種只能表現出榎本同學其中一個面向的感覺。

劃掉撫子花之後，我提出最後一個選項。

「不然石蒜花如何？」

「石蒜花？」

「就是彼岸花。中元節那段時期，可以看到形狀類似煙火的漂亮紅花吧。」

「啊，這麼說我就知道了。」

雖然種類有很多，不過全都是花瓣往外彎曲的妖豔花卉。

在花謝之後才長出葉子也是一大特徵，因此正值花期時，花的存在感十分強烈。具備別種花沒有的美感，在園藝的圈子也愈來愈受歡迎。

日葵似乎有點抗拒地說道：

「但是石蒜花……應該說彼岸花給人不吉利的印象耶～」

「我想那是花期造成的關係。因為在日本開花的時期正好跟中元節重疊在一起，於是墓園大多會配合這點種植這種花。所以才會給人死者之花的印象。」

「根本是無端遭受波及嘛～」

「這麼說來確實如此。」

其實石蒜花的花語是「熱情」、「爽朗」、「精神抖擻的心」，全都與那種印象相反。

「石蒜花很有存在感，而且與榎本同學這樣的美女更是相襯。」

「悠宇～？竟然在女朋友面前公然追求別的女生，你到底在想什麼呢～？？？」

「不，我是在說飾品……」

我的女朋友盯得未免太緊了吧。然而在東京出了那麼多事，讓我無法強勢反抗。咦？這樣是不是真的被她吃得死死的？

而且榎本同學的視線不知為何一直緊盯著我……才剛這麼想，她又把頭轉向另一邊。

「我已經不會再將這種毫無自覺又處處留情的話放在心上了。」

「這裡難道就沒有人站在我這邊嗎……」

就說這些都是在討論製作飾品啊……我只能獨自啜泣。

榎本同學用手撐著下巴，一臉嚴肅說道：

「但是熱情……爽朗……？」

「啊，妳不太中意嗎？」

「石蒜花本身是不錯，但要說是否符合我的感覺……真要說來比較像小慎吧。」

「真木島啊……」

腦裡浮現待在一片石蒜花田中，真木島攤開折扇大笑的身影。那傢伙真不愧是把雲雀哥當競

爭對手的人，感覺十分頑強。說真的，好像怎麼殺也殺不死……

於是我也把石蒜花劃掉。

「不過這只是我的第三順位而已。」

「是嗎？以悠宇來說，難得會這樣示弱呢～」

「其實我從來沒有成功做出石蒜花的永生花。」

「真的嗎？」

「嗯。因為花的線條太細了，製作過程中無論如何都會斷。勉強有辦法做成乾燥花，只是完成之後的色澤不能如我所願……」

「那麼為什麼還要把這個列為選項啊……」

畢竟還是時常想著要挑戰看看……

接下來提出好幾種花，但是全部被駁回……實際做了才知道，要以某個人為原型，使用飾品加以表現其實還滿困難的。

但是我多少察覺得到原因出在什麼地方。

「果然還是要曇花吧。」

這就是我的結論。

如果說起感覺類似榎本同學的花，最後就是會變成這樣。再加上四月重逢時帶來的衝擊，讓我覺得說到榎本同學就是曇花。

但是莫名難以說出口。

原因在於……

「……唔！」

聽到我這麼說，榎本同學愣了一下。

接著似乎是無意識地摸了一下右手腕……那裡不見她之前一直戴著的曇花手鍊。本來以為只是開學典禮那天忘記戴，看來並非如此。在那之後一直沒有看到她戴。

該不會是壞了……大概不是吧。如果壞了，她應該會來找我修理。如此一來要不是弄丟，就是刻意不戴那條手鍊。

如果原因是後者……那麼很明顯與榎本同學變回以前那種冷漠態度有關，讓我非常難以追究。而且我也盡可能不要觸碰到這個話題……

日葵微微偏頭問道：

「咦？榎榎，這麼說來妳怎麼沒戴那條曇花手鍊？」

「……唔！」

我的女朋友毫不猶豫地踩下地雷。

總覺得要是不配合這個話題也很奇怪，我不禁急著開口：

「就、就是說啊。我也一直很在意為什麼？要是壞了，也可以像之前那樣幫妳修理……啊，如果只是剛好不想戴也沒關係。」

然而我超乎必要地說個不停，反而像是早就準備好這麼問……

日葵看到我的反應有點退避三舍，榎本同學也很尷尬的樣子。啊，好像真的踩到地雷了。

榎本同學遮著她的右手手腕，撇開視線。

「我在東京弄丟了。」

「啊，這樣啊……」

對話就此結束。

她說在東京弄丟了。我記得最後一天她目送我參加個展時還戴著，是在那之後的事吧。

（……不過真的是弄丟了嗎？）

一想起這件事，我就會陷入不斷循環的迴圈之中。她一直以來那麼珍惜那條曇花手鍊……如果真的弄丟了，發現不見時應該會聯絡我才對。

我比她晚一天回來。在出發前往機場時，也可以先到榎本同學去過的地方找找看。即使如此還是沒有聯絡我，就代表她其實沒有弄丟手鍊，或者是刻意——

我搖了搖頭。

算了。這樣臆測很不好。而且踐踏榎本同學心意的我，無論對她說什麼都顯得很虛偽。

「你卻利用凜音沒有察覺這一點，一直把她當備胎嘛～？」

沒錯。

是我背叛了榎本同學。就算我沒有那個想法，她肯定也是這麼覺得。

而且不知道榎本同學是下定了什麼決心，從她最近都擺出冷漠態度來看，應該是不太希望我深究才對。

現在只是因為真木島的關係，才會勉為其難跟我們一起行動。即使她願意協助我們製作飾品，也不能誤會這一點。

我該思考的只有如何達成真木島的課題，讓校慶的販售會順利舉辦。

該說是……心照不宣嗎？

榎本同學也沒有繼續說下去的意思。總之，關於手鍊的話題到此為止。

這是我的疏失。我不應該在這時提起曇花的。儘管我真的打從心底認為沒有其他更適合榎本同學的花，但還是不該多嘴。

我想應該會就此變成總之先保留的狀況。

沒想到……

「那麼再做一個不就得了。」

「咦？」

聽到日葵如此悠哉的提議，我跟榎本同學都當場愣住。

日葵本人摸著自己那個弄成頸飾的鵝掌草戒指，一副像是在說「日葵美眉真聰明～♪」的感覺，露出得意洋洋的表情。

「我當時也是這樣，再做一個不就得了。嗯呵呵～我好期待在東京提升等級的悠宇所做的新飾品喔～♪」

「啊，不……」

我不禁含糊其辭。

說真的，這樣好嗎？就榎本同學來說，應該不期望事態變成這樣才對。

……然而這時要是拒絕，感覺又會變成「為什麼？」。在我感到猶豫遲遲沒有回應之時，榎本同學輕嘆一口氣。

「……那就這樣吧。」

在榎本同學勉為其難的同意之下，製作飾品的花就此確定。

♣　♣　♣

這個週末。天氣晴朗。

過了中午我們三人再次會合。

來到的地方位於市區商店街裡面的小巷弄。我從國中開始進出這裡，因此毫不遲疑地一步步向前邁進。

我們造訪一間靜靜坐落於此的老房子。狹小庭院裡開著四季花朵。

比起前陣子來的時候，多出幾個空的盆栽。大概是要準備種植冬季的花吧。

石牆入口處掛著「新木插花教室」的牌子。明明掛著插花教室的名字，聯絡方式的電話號碼依然是幾乎快要看不見的樣子。

日葵見狀也感到傻眼。

「還是一樣不打算招募學生呢～」

「老師好像也只是做個興趣。」

榎本同學疑惑偏頭。

「我從之前就很好奇了，新木老師是怎麼過活呢？」

「她的正職是庭園設計師喔。」

「庭園設計師？設計各種庭園之類的嗎？」

「對啊。像是公園或是辦公大樓的中庭等等，設計包含庭園在內的空間就是她的工作。四季分別要改種不同東西時，還有像是活動布置時都會找她去。所以插花教室算是兼職……只是感覺

已經快要變成小朋友玩遊戲的場所了。」

今天也能聽見庭院傳來小朋友們的歡呼聲。

從玄關往庭院一看，只見身穿細肩帶上衣與牛仔褲的妙齡美女身邊，圍繞著一群小學生在一起玩Switch。每當她操作手把時，隨意綁起的馬尾也會跟著晃動。

新木老師。

她是在我小學到國中那段時間，教導我花卉相關知識的人。當時來這裡上課的學生還有大學生與主婦等等，現在則是忙著跟小學生玩遊戲。

「新木老師。午安。」

聽到我的招呼聲，老師發現我們來了。

她看了一下手錶，愣愣地說聲：「哎呀，已經這麼晚了。」接著從口袋裡拿出破舊的皮革錢包，給了小學生們零用錢。

「你們去吃午餐吧。兩個小時之後集合喔。」

「好～！」

小孩子拿著突然收到的錢，開開心心地走過我們身邊。

他們的行動十分俐落。現今這個時代，就連在小學運動會大概都看不到訓練得如此精實的動作了吧。

新木老師拿下眼鏡，壓著眉間唸唸有詞：

「上次更新強化的武器我實在不太會用……」

我瞥了一眼Switch的畫面。

看來今天他們玩得那麼開心的遊戲不是寶可夢，而是漆彈大作戰的樣子。ＦＰＳ遊戲很耗眼睛所以很累吧。我懂。

「那個很強嗎？」

「現在的性能根本做壞了，所以想要習慣一下，不過還是有點不適合我呢。就算必須俯瞰戰場確認戰況，跟周遭的速度配合不上的話……」

「既然如此，使用順手的武器不就好了。」

「如今這個環境就是看這把武器用得好不好。這可不能交給小學生。」

「老師玩得很認真耶……」

老師脫掉拖鞋踏上緣廊。

「你們還沒吃午餐吧？我要煮麵線，要不要一起吃？」

「這樣好嗎？」

「中元節時收到太多吃不完。幫我吃一點吧。」

「喔喔，原來是這樣……」

我們也脫了鞋子踏進屋內。

老師請我們進入很有昭和風情的廚房。一邊幫忙拿出碗盤之類的準備，三十分鐘左右就完成了一桌午餐。

拿起堆在櫃子裡的便利商店免洗筷，我們對著煮好的大量麵線雙手合十一起開動。我也在這時說起今天拜訪的目的。

「新木老師。妳認識的廠商當中，有人種植曇花嗎？」

「曇花？你又挑了罕見的花呢。」

「我想在這次校慶販售曇花的飾品。」

「嗯——我是認識種植常見花卉的廠商，但是曇花就要問問看才知道了。」

面對面坐在一旁的日葵跟榎本同學正在秀恩愛：「榎榎，來，啊～」、「……我可以自己吃。」

新木老師看著這一幕，以優雅的動作吃著麵線。

「喔～夏目同學跟犬塚妹妹交往了啊？」

「……唔！」

「噗！」我忍不住嗆了一下。

日葵也嚇得叫道：「為什麼看得出來！」

新木老師若無其事地回答：

「哎啊。因為不同於暑假那時，犬塚妹妹散發的病嬌氣場消失了……姆嘎！」

「新木老師～！那種事不用多嘴也沒關係！」

日葵連忙摀住老師的嘴。到底是為什麼啊？雖然在意，但是好像會踩到地雷，所以不多加過問才是正確做法吧……

我夾起麵線沾醬汁，然後吸進嘴裡。

「啊，悠宇！我跟新木老師到旁邊聊聊喔～啊哈哈！」

「咦？犬塚妹妹？我還在吃耶……」

「來吧，老師～！趕緊打電話問問廠商有沒有曇花！」

「吃完飯再打也……」

「好了！快點走吧！」

「算了，麵線也不會逃跑，沒差吧……」

日葵就這麼推著新木老師離開廚房。

好像可以隱約聽見她們在另一頭交談的聲響，但是此時重要的是餐桌上的沉默氛圍。只能聽見我跟榎本同學吃麵線的聲音。

「…………」

「…………」

超級尷尬的。

去東京旅行時，我們都在聊些什麼？完全想不起來。一邊感受胃裡的麵線好像要逆流出來的絞痛，我朝著她搭話：

「那個，榎本同學？」

「嗯？」

「妳如果不願意，不用勉強自己陪我們製作飾品也沒關係。我會告訴真木島說妳有跟我們一起行動……」

「嗯。」

「還有如果不喜歡曇花……」

聽到我盡可能注意遣詞用字說出口的話語，榎本同學沒有任何反應。

她只是一口接著一口吃麵線。直到裝醬汁的容器空了之後，才優雅地擦拭嘴巴……還是一樣吃東西的量與吃東西時的氣質一點也搭不起來。

榎本同學直直望著我。

「小悠。你不想做曇花的飾品嗎？」

「咦？」

她反問了出乎意料的問題，讓我不禁說出真心話。

「不，我想做！」

我忍不住站起身來，抓住榎本同學的肩膀。

「當我思考怎麼樣的飾品才能表現榎本同學時，第一個浮現腦中的就是曇花。國中時做的那條手鍊，無疑是當時的我所能做到的最佳傑作。我一直在想如果是現在的自己，能夠做出怎樣的作品。這次校慶是實踐我在東京所學的一次機會，而且我這次也下定決心，絕對要在榎本同學的協助下做出成果。呃，所以我想說的是……」

只憑藉著氣勢便說出口，害我迷失了自己的結論。

我究竟想說什麼？希望她同意我做曇花的飾品嗎？不對，這點已經說了。當我思索著還有什麼話沒說出口時……總算想起一件事。

「我要做出超越之前那個手鍊的曇花飾品……希望榎本同學也會喜歡。」

榎本同學露出愣愣的表情望著我。

這時總算察覺自己這番話的意思。完全是把自己的理由加諸在榎本同學身上，根本沒有考慮到她的心情。

……怎麼想都是說錯話。

「啊，那個，抱歉。我沒有考慮榎本同學的心情就這麼說……」

「…………」

榎本同學依然沉默不語。

當我因為受不了這股沉默的氣氛而顫抖時，她冷淡地轉過頭去。

「那就算了。」

「這、這樣啊……」

到底是怎樣……

榎本同學，這樣到底是行還是不行呢……

搞不懂。完全搞不懂。既然她都說「算了」應該是ＯＫ，但是事情有這麼單純嗎？在我周遭能拿來參考的女性只有日葵跟咲姊，然而她們的感性明顯不足。拜託有沒有人可以拿本少女心的參考書給我啊……！

與剛才不同意義的尷尬使得氣氛十分沉重。然而就算想靠吃東西蒙混過去，眼前剩下的麵線已經不多了。不對，在那之前我的胃已經撐到不行。天啊，感覺快吐了。

正當我感覺到達極限時，在另一頭進行神祕作戰會議的日葵跟新木老師回來了。

她們驚訝看著漂蕩在玻璃容器的冰水裡，所剩無幾的麵線。

「悠宇你們真會吃耶～真不愧是高級麵線……」

「啊哈哈。食慾旺盛的年輕人真是厲害。」

總覺得好丟臉……

結果新木老師又多煮了一些麵線。當她說著：「來吧，這麼好吃就多吃一點。」並端出分量大約是剛才兩倍的麵線時，我就此體會到被打得頭昏眼花的感受。

♣

♣

♣

大吃特吃之後，我們拿出在榎本同學家的蛋糕店買的蛋糕配茶。

「新木老師。請問妳剛才跟廠商聯絡如何呢？」

「啊，這個嘛……」

新木老師跟我說了她剛才和廠商聯絡的結果。

根據她的說法，如果不是花店之類的通路平常會進的花，果然還是很困難的樣子。不但在種下曇花之後要花一年以上的時間才有可能第一次開花，而且只開一晚就會凋謝。

更重要的是曇花並非每年都會開花。

曾經聽說種了超過十年完全沒有開花的曇花，就在以為花已經死掉而準備處理的那天晚上開花。雖然是種散發莊嚴氛圍的花，其實還滿隨心所欲的。

總而言之，以花店要進貨的商品來說太過不切實際。更何況事到臨頭才想下訂，業者當然也

會覺得傷腦筋。

新木老師似乎很愧疚地說道：

「抱歉喔，沒能幫上忙。」

「請別這麼說。本來就是我突然拜託老師這種事，太過強人所難真不好意思……」

在那之後，新木老師也給了我們一些關於校慶販售會的意見。

新木老師有過舉辦插花與花藝作品個展的經驗，我們請老師分享當時關於花卉配置的建議。

「展示會上最重要的就是路線的安排喔。」

「路線？」

「也就是透過商品配置，區分在客人心中留下印象的強度。思考要以哪種飾品為主力商品時，就要以最能讓人對那個東西留下深刻印象的方式配置其他商品。成功的話不但能得到超乎預期的成果，甚至能夠操控庫存的數量。」

日葵深感興趣地反問：

「老師～就像是套餐的感覺嗎？」

「是啊。如果主菜沒能給人留下最深刻的印象，感覺有點寂寞呢。」

國中時參加的插花教室展覽上，我想確實有著這樣的思慮。當時是把老師的作品確實擺在最後，或許就是在強調欣賞展覽之後的餘韻。

當我想著原來有這樣的含意之時，發現榎本同學沉著一張臉看著蛋糕。

「……榎本同學。妳的臉色不太好喔，有哪裡不舒服嗎？」

「啊，不是。我沒有覺得不舒服……」

她一邊說一邊用叉子刺向盤子上的蒙布朗。

「我只是覺得甜點的美味程度也不輸給主菜而已。」

「……唔？嗯，我也是這麼認為，但這只不過是種比喻……」

難道以經營蛋糕店的立場看來，剛才的比喻讓她不太高興嗎？但是我不認為榎本同學是會因為這種事而不高興的人……

不太能夠理解她的話中含意，我繼續與新木老師對話。

「那麼所謂的主菜……也就是最想販賣的主力商品要怎麼配置比較好呢？」

「正前方最顯眼的地方、無論從哪個視角都能看到的地方，或是實際上容易購買的地方……這些都是根據現場狀況有所差異，所以你要配合當下的空間進行調整。」

配合空間啊。

這麼說來，天馬他們的個展也是採取入口能夠一眼看到三個人的飾品的形式。除此之外，更加上方便天馬粉絲購買的格局。

將老師的建議筆記下來之後，我喃喃說道：

「一直以來都沒有注意過這些事，需要學習的東西實在太多了……」

「啊哈哈。我從來沒聽你問過關於販售會配置的事，所以嚇了一跳。夏目同學過了一個暑假，給人的感覺好像變得不太一樣。怎麼了嗎？」

「啊，那是因為……」

正當我打算說起東京那場個展的事時，不知是誰的手機響了。記得這是恰克與飛鳥的歌。

所有人的視線都看向新木老師。

「啊，時間到了。」

關掉鬧鐘之後，老師站起身來。

「小朋友們要回來了嗎？」

「不，是該澆花了。」

「啊，原來如此……」

今天從老師身上得到寶貴的建議，所以我們也跟著去幫忙。

這個屋子後方有間以前當成儲藏室的小屋。新木老師似乎將那裡改造成種植花卉的溫室。

從天花板的窗戶灑進來的陽光，柔和地照亮整個室內。

裡面有好幾個架子，擺放成排長出花苞但尚未綻放的盆栽。室內充斥綠葉及土壤的氣味。

日葵過去曾經看過，但榎本同學應該是第一次來。她深感興趣地眺望眼前的光景。

「好厲害……」

「我的房間衣櫃裡有個可以種花的空間吧？那就是仿效這個溫室改造的。」

「啊，原來如此。確實滿像的。」

將管子接上水龍頭，細心地一一澆水。

我也很久沒過來這邊看看了，還是一樣種植了許多品種呢。這是聖誕玫瑰、三色堇、富貴菊……還有像是蠟梅、山茶花等灌木花。

日葵佩服地發出「哇啊～」的讚嘆聲。

「如果只看這裡，就會覺得新木老師真的是個花卉老師呢～」

「啊哈哈。那也是因為不覺得能夠成為職業玩家，不得已才繼續做下去的。」

新木老師，這句話我實在聽不太出來是開玩笑還是認真的……

當我正覺得恩師的想法難以捉摸時，在另一頭澆花的榎本同學發出驚呼。

「小悠，這個好大……」

「哪個？」

我朝她的方向走去。

然後被一個大型盆栽奪去目光。好幾片葉狀莖彷彿朝著天際伸手一樣生長。幾乎快到我的胸口了，因此整盆的高度應該超過一公尺吧。

簡直就像時間停在噴泉湧出那一刻，是相當美麗的盆栽。雖然沒有開花，不過光是如此就能讓人感受到藝術的震撼。

「哇啊。這還真大啊……」

「小悠，你知道這是什麼嗎？」

「這是曇花啊。」

「咦！」榎本同學驚訝地轉過頭來。

我跟平常一樣，得意洋洋地開始說明對方沒有特別提問的事情。

「而且是栽培了許多年，確實長出花芽的那種喔。這應該有超過一公尺吧？繼續成長下去的話還會更高，但光是能長到這種程度就很了不起……嗯嗯？」

「咦？」我不禁偏頭思考自己說的話。

好像有什麼令人在意的事。

曇花。曇花啊。曇花……——呃！

「新木老師！這裡明明就有曇花啊！」

我忍不住大聲吐槽。

新木老師一副傻愣愣的樣子轉過頭來。

「啊，你說那個喔。因為你只問我廠商而已啊……」

她竟然能夠說得這麼自然……

在她身旁的日葵露出傻眼的表情說道：

「新木老師就是有這樣的一面呢……」

「美女身上多少要有點神祕感。」

「我覺得老師只是少根筋吧……」

我差點吐槽日葵竟然無視老師說自己是美女這件事，但是仔細想想，她確實會說這種話。我之前就覺得她們兩個莫名要好，原來是物以類聚啊。我懂了。

「不過我也好久沒看到了……」

我再次眺望眼前的曇花。

真的非常大。不，比起實際的大小，更是散發壓倒性的存在感。

應該稱之為生命力吧。明明還沒開花，我卻不認為還有其他哪種花足以散發這樣的魄力。既然長得這麼大，想必能開出相當美麗又碩大的花。

我的內心不禁感到激動。

如果可以拿這株曇花做成飾品，不知道有多麼令人興奮期待。

但是一想到這裡……我突然回過神來。

「啊，可是這個大小應該是新木老師的寶貝吧。我竟然擅自開心地以為可以拿來用……不好意思，請老師忘記吧。」

我輕敲一下自己的頭。

為什麼自顧自地以老師會把曇花讓給我為前提思考啊？種植曇花可是相當辛苦。這下沒轍了。校慶使用的曇花只好透過網購之類的方式購買……

這時新木老師若無其事地說道：

「不，這是你的喔。」

「……啊？」

我是不是聽錯了？

總覺得剛才好像聽到她說這是我的。哈哈，真不愧是新木老師。這個玩笑太惡劣了。如果突然有個少女跑來向單身上班族說聲：「我是你的女兒。」想必就是這樣的心境吧。

見我露出奇怪的表情，新木老師愉快地笑道：

「是你國中時在我這邊種的啊。採收花製作校慶販售的飾品之後，因為太礙事我就把花搬來這邊……咦？你該不會忘記了吧？」

「…………」

我的腦中浮現三年前的記憶。

……沒錯。國中時的我在這個插花教室借了一個地方種花。那時種了新木老師認識的人給她

的神祕盆栽之後，於是開出了曇花。

然後我用那個花製作國中校慶販售的飾品——

我不由得雙膝跪地。

「我忘記了……！」

「啊哈哈。你也真是個健忘呢。」

「因為國中校慶結束之後，新木老師跟我說過『已經不在這裡了』不是嗎！我還以為被老師丟掉了，大受打擊耶！」

「我的意思是『已經不在庭院裡』就是了。」

「最關鍵的地方根本沒說啊……！」

日葵有點嫌棄地說聲：「老師就是有這樣的一面呢……」不過新木老師毫無歉意地笑道：

「我一直在想你什麼時候會來拿走，但是遲遲沒有提起這件事，所以就順便幫忙澆水了。不過這傢伙在我面前從來沒有開過花呢。真是囂張。」

這個人真的很孩子氣……

然而確實也是新木老師照顧到了現在。

「好不容易長到這個地步，如果老師想留下來……」

老師露出爽朗的笑容回答：

「實在太礙事了，如果你可以早點拿回去就好了。」

「老師……」

至少換個說法吧……

無論如何，總算取得曇花了。

♣ ♣ ♣

星期一。

我們在午休時間的科學教室裡研擬飾品販售會的計畫。日葵用手機ＡＰＰ製作計畫書，榎本同學則是負責提供意見。

「這次畢竟是學校的活動，我想就跟國中校慶當時一樣，將收入捐給慈善團體。笹木老師也說這樣比較好。」

「嗯，我想也是……咦？那麼飾品材料費也要從園藝社預算裡面擠出來嗎？」

「我是這麼打算的。」

「嗯～如此一來能期待會有盈餘嗎～？」

「這次我想以不著重於販售金額的方式進行。」

「那就是要像國中那時一樣，另外訂定目標嘍？」

我點了點頭。

「這次的目標是……『在有限的預算中得到盈餘』。」

看著日葵偏頭表示不解，於是我補充說道：

「國中時是不計成本只想著要『賣掉一百個飾品』。這次我的目標是預設盡可能貼近現實的情境進行販售。」

「也就是模擬你在東京參加的個展嗎？」

當「東京的個展」這個關鍵字出現時，總覺得榎本同學好像朝我瞥了一眼……不，應該是錯覺吧。更何況她正在一邊吃便當，一邊用手機看貓咪影片。

「沒錯。當時都交給天馬他們處理的那個部分，我想僅靠我們自己全部嘗試一遍。」

花以及飾品零件等材料費。

當天販售場地的租金。

我的目標是將這些費用全部算進去之後，還能得到盈餘。

雖然扣除預算之後的收入會全部捐出去，但是比起金錢，這次的經驗想必會成為我們的一大資產。

「總之先來擬定販售計畫，然後請雲雀哥或咲姊幫忙檢查吧。沒問題的話，校慶時就按照計畫進行。」

「但是這樣難度很高吧？預算可能比『you』平常的活動資金還要少很多喔。」

「正因為如此，才有挑戰的價值。將來也不可能一直都有優渥的資金可以運用。得趁現在練習一下要如何在各種狀況都能獲利才行。」

人在東京的天馬他們，也是以紅葉學姊這個贊助商提供的資金為本錢進行活動。

既然想加以效法，那麼這次我想嘗試「有贊助商提供資金」的狀況。

「悠宇。我明白販售會的方針了，只是如此一來，能準備的飾品數量會很有限喔。我想應該不能像至今那樣，總之有商品可以賣就好……」

「是啊。我覺得以高單價的少數精品一決勝負的感覺比較好……」

既然預算有限，就代表每個飾品的材料費也有限。

如此一來，與其無謂量產壓低價格，倒不如鎖定高級客群，這樣就算販售數量比較少，最後還是比較可能獲得盈餘。

「這點我也同意，但是你打算要做多少個？還有只用曇花就好嗎？」

「這也要視製作期限之前曇花會不會開花而定。不過就算開花，還是不要期待只靠曇花就能做出所有商品。」

「也是呢～畢竟就連曇花會不會開花都不知道，而且可能只開一朵，也可能會大量綻放，真的非常隨心所欲嘛～」

包含這點在內，我覺得很符合榎本同學的個性……但是這句話無論如何都不能說出口。

「總之我想以曇花為主角，再用其他花進行搭配。」

「就像新木老師說的，可以襯托出主菜的那種做法吧～」

「要是輸給曇花結果賣不出去便本末倒置了，所以其他飾品也要盡全力去做。不過時間有限，我看還是儘量使用容易購買，而且已經習慣加工的花比較好。」

「ＯＫ～那在曇花開花之前，就先著手進行那些吧～」

這時我看向榎本同學。

「榎本同學有沒有什麼要求呢？」

「沒有。」

好冷漠……！

榎本同學一副不理不睬的模樣，將便當裡的小番茄放入口中。不過她願意像這樣聽我們討論已經很令人感激了。

日葵的雙手靠著桌子托起臉頰，滿臉笑容搖晃雙腳。

「悠宇從東京回來之後真的就變了～該說是脫胎換骨嗎？有去參加個展真是太好了～」

「……是啊。」

畢竟這是學校的活動。

真要說起來，確實僅只如此。既然只是學校的活動，不計算材料費也是理所當然。也沒必要估算販售場地的租金。畢竟這只是讓學生學習社會性的活動而已。

（……然而我無法「因此」有所成長。）

我不會只因為學到社會上的做法就感到滿足，也不是為了這個目標舉辦販售會。把材料費省下來當作獲利。無視場地費用得意地表示有盈餘。

要是滿足於這樣的扮家家酒，當然不可能有所成長。

我在東京親眼目睹天馬跟早苗小姐他們戰鬥的現場。

挺身面對紅葉學姊總是相當嚴格的評審，經歷過真正洽談生意的艱辛，然後將盈虧成果深深刻劃在自己身上。

天馬為了將自己做的飾品推銷出去，不但參加舞台劇的演出，還花了很多時間及努力在服務粉絲。

早苗小姐則是一直置身客場，簡直就像經歷激烈交戰存活下來的劍豪，不斷販售飾品。

我跟他們的差異是什麼呢？

那就是「緊張感」。

總是身處在緊繃的氣氛，不斷磨練自己品味的覺悟。那正是我們缺乏的東西。

日葵以模特兒的立場在ＩＧ上宣傳，我則是埋頭磨練技術。我們完成「you」這樣的網購模式，但是與此同時也封閉了自我進化的道路。那次的經驗讓我得知這件事。

正因為如此，我們才必須了解「自己現在的位置」。

我究竟落後天馬他們多遠呢？為了判斷這一點，必須讓這次校慶的飾品販售會盡可能貼近「現實」。

每次遇到這樣的機會，都要當作僅此一次。

接著我回想起「某件事」。

「對了，日葵。關於飾品販售會，有件事要得到妳的許可……」

就在這時，校內廣播的鐘聲響起。

我們下意識閉上嘴巴。簡直就像整個學校的時間停止一般，午休時間的喧囂戛然而止。視線看向科學教室前方那個灰塵覆蓋的音響。接著便傳出教數學的笹木老師極為簡潔的廣播內容。

『二年級夏目。過來教職員室。』

說完這句話，校內廣播就結束了。

這個校內司空見慣的光景很快就流逝。科學教室外面也立刻再次傳來學生們的談話聲。

但是我們就不一樣了。

三個人面面相覷，偏頭顯得懷疑。

「怎麼了嗎？」

「悠宇做了什麼嗎？」

面對日葵跟榎本同學的視線，我搖了搖頭。

「沒有啊，應該也沒有忘記交作業之類的……」

總之也只能過去了。

飾品販售會的會議就此暫停，將科學教室鎖上。日葵跟榎本同學說要一起去管樂社玩，於是跟她們道別。

我一個人前往教職員室。

♣ ♣ ♣

到了教職員室之後，只見笹木老師在裡面等我。

「笹木老師，有什麼事嗎？」

「……跟我來。」

咦？

笹木老師沒有跟我對上視線，先行走了出去。他沉著一張臉，還深深皺起眉頭。

總之我也不發一語地跟在他身後。

我們來到輔導室。老師沉默示意要我進去。

「不好意思……？」

裡面已經有其他人。

班級導師、園藝社顧問老師，還有……訓導主任。

（啊，應該不是好事。）

這是我的直覺。似曾相識（Déjà vu）。幾個月前也經歷過同樣的情境。

那個時候……呃，是什麼事呢？

……對了。是我在校內販售客製化飾品，結果有家長來投訴那個時候。有幾個學生謊稱被我逼迫而買下，最後回收退款那件事。

我突然感到一股寒意。心臟也跳得很快。

訓導主任對著在我身後進來的笹木老師說聲：

「笹木。」

「咦，要由我說明嗎？」

笹木老師毫不掩飾不滿地搔搔頭。

「……真是的，惹人厭的工作全丟給別人是吧。」

低聲脫口而出的這句話，使得訓導主任瞪了他一眼。

笹木老師要我坐到沙發上，他則是在對面的位子坐下。還一邊按著眉間沉吟。

接著才直直注視我的眼睛開口：

「……夏目，我就直說了。有幾名教職員認為應該要駁回園藝社在校慶舉辦花卉飾品販售會的企畫。」

「…………」

聽到這句話……說不驚訝當然是騙人的。但是真要說起來，內心一直祈禱「拜託不要是那樣」卻沒有成真的絕望更勝驚訝。畢竟自從踏入輔導室的瞬間，就莫名有這樣的預感。

不過理由是什麼？我們這項企畫為什麼非得被駁回呢？

「為、為什麼呢？」

「你還不明白嗎？」

「不，呃……難道是因為之前那次糾紛……？」

笹木老師點了點頭。

「上次有家長跑來投訴的騷動，鬧得比想像中還要嚴重。雖然沒有對你說，其實也曾經出現要逼你自願退學的意見。」

「什麼！」

「畢竟『在學校裡做生意』這個部分的觀感還是很不好。雖然跟各方談妥並且迴避那次的處分，但是以當時那些老師為中心，對於你們在這次校慶的販售會提出反對意見。」

「但是我只有賣給能接受這樣的商品及價格的客人而已！絕對不是強迫推銷……」

「當時我也曾經說過，『有沒有能證明你的說法的證據』吧。」

「唔……」

沒有。

沒錯。正是因為沒有「客人是憑藉自我意志購買」的證據，所以我們只能忍氣吞聲。

「……這麼一來會怎麼樣呢？」

笹木老師嘆了一口氣。

「明天的教職員會議將決定該如何處理，但是私底下似乎是朝著禁止園藝社舉辦販售會的方向進行。」

「怎、怎麼這樣！我們沒有做任何壞事……」

「問題不在這裡。既然你看待事情的視角比其他學生成熟，我就明說了……現在這個社會風氣，學校不能允許明知會成為火種的企畫通過。」

火種。

老師暗指這麼做會出事。一旦曾經燃燒的東西，餘燼無論過了多久都在悶燒。即使看似已經熄滅，只要加一點油又會燃起熊熊的火焰。

而且甚至可能帶來更大的傷害。不，毋寧說有人樂見事態這樣發展，虎視眈眈地期望火焰再次燃燒。

所以校方才會擔心演變成那種狀況。

「笹木老師，你之前不是還陪我討論販售會的事嗎？所以我以為會得到學校許可……」

「那是我太草率了，抱歉讓你懷有期待。就我個人來說，是很想支持你去挑戰……」

像是要打斷老師的話一般，訓導主任大聲乾咳，以不耐煩的模樣翹腳。

笹木老師不禁咋舌，尷尬地撇開視線。

（原來如此。主導反對派的人是訓導主任啊……）

笹木老師很為我著想。

然而終究還是「站在校方立場」。無論個人的想法為何，都不能反抗校方的決定。

我在之前那場騷動之中受到老師協助。現在要是當場埋怨這項決定，想必會讓笹木老師的立場變得更加難堪。

（……但是我無法忍受這種事。）

我握緊拳頭。

顫抖的喉嚨拚命說出自己的意志。

「我無法接受。我還是想舉辦飾品販售會。」

現場氣氛為之凍結。

老師們似乎都認為我會妥協。班導連忙打算安撫我，但是我加以拒絕。

「我沒有做錯任何事！既然不喜歡，一開始就不要買！我本來就不是因為想紅才做這些事，別管家長們說什麼不就得了！我從來沒有想過要讓無法理解創作的人購買我的作品。逕自購買，又逕自把我當壞人，未免太過卑鄙了吧！」

「…………」

老師們的表情都不一樣。

訓導主任明顯感到厭惡，班導一副嫌麻煩的樣子，顧問老師則是不知所措。

表情複雜的笹木老師雙手抱胸。

接著在一片寂靜的輔導室裡率先打破沉默。

「……我來跟他談談。主任以及各位老師請先回教職員室吧。」

訓導主任嘖了一聲。

班導們也是鬆了一口氣的樣子。

「那麼笹木，這件事就交給你了。」

訓導主任就這麼起身離開。

班導們還有些遲疑，但是笹木老師說聲：「請交給我吧。」因此他們也接著離開。

只剩下我跟笹木老師，總覺得安心了一點。

如果是跟這個人談，也不用顧慮太多無謂的事。我緊咬嘴唇，好不容易擠出來話來。

「我究竟做了什麼壞事嗎？『當時』不但事先跟客人解釋飾品的金額，也給客人看過完成時的設計。然而卻要我單方面接受退貨，甚至還只有我被當作壞人吧？」

「……哎呀，該怎麼說。人總是會忘記對自己不利的事。」

似乎感到尷尬的笹木老師做出從胸前口袋拿菸的動作……但是不知為何是拿糖果。而且是加倍佳棒棒糖。

莫名拿了一根給我。

「自從開始禁菸之後，就忍不住想吃點甜的東西。你也吃吧，讓腦袋攝取一點糖分。」

「呃，喔……」

我學著老師將棒棒糖放入嘴裡。

兩個男人默默吃著加倍佳。讓腦袋補充一點糖分之後……感覺好像稍微冷靜了。

「真的很抱歉。我也努力過了，然而一旦搬出學校形象之類的論調，我也無能為力。」

「……不。我真的很感謝老師。」

這是我的真心話。

要不是有笹木老師替我著想，說不定還會陷入更糟糕的狀況。我不能忘記這一點。就算是老師，也有辦得到跟辦不到的事。

「……對不起，我剛才不應該那樣說。」

「哎呀，我也嚇了一跳。也不能說是草食系，但你是會在那種局面不肯罷休的傢伙嗎？」

「我自己也有點嚇到……」

六月引發飾品騷動時，我也算是穩健派。還跟日葵說什麼「想在學校賺錢才是不對的」之類的話……看樣子當時內心還是很生氣吧。這也讓我對自己感到有些安心。

老師以傷腦筋的模樣抓了抓頭。他大概是想給我打氣，以爽朗的態度拍拍我的背。

「不過，好吧。舉辦販售會的機會也不是只有這一次。雖然很可惜，但是只要等待『下一次機會』就好。你這麼努力，下次一定會順利……」

「……唔！」

聽到這句話，內心頓時湧上怒火。

我咬碎口中變小的糖果，忿忿地低語：

「那麼『下一次』是什麼時候……？」

我說話的聲音不由得顫抖。

那應該是老師的真心話吧。而且我也知道，他這麼說並沒有惡意。

然而這麼理所當然的發言反而激怒了我。

「下一次的機會究竟是什麼時候啊！」

「下、下一次是什麼時候？呃……」

笹木老師驚訝地重複了一次……然後他以認真的表情注視我的雙眼。

「夏目，暑假時發生了什麼事嗎？」

「…………」

我對老師說出在東京參加個展的事。

「暑假時在別人的介紹下，我結交到同為飾品創作者的朋友。他們的年紀跟我差不多，卻在比我還要現實許多的戰場奮鬥。互相較勁販售成績，也有嚴格的指導者給出犀利的指正……這樣講雖然很對不起跟我一起努力至今的日葵，但是讓我不禁覺得我們的所作所為只不過是在扮家家酒……」

腦中回想起——那場東京個展第二天的事。

在榎本同學的目送下，我懷著要將飾品全部賣完的決心加以挑戰。當時的我自信滿滿。前一

天偷學早苗小姐的技巧賣掉的矮牽牛花飾品，即使離開還是給我帶來勇氣。

我身為創作者的能力還可以更上一層樓。

可以讓天馬他們認可我是對等的夥伴。

——然而卻一個也沒賣出去。

我盡了全力。

我低頭請早苗小姐給我建議，並且向客人攀談好幾次。然而誰也不願意理睬。

那天的個展就在我沒有拿出任何成果的狀況下結束了。

真正令我感到後悔的，並非沒有賣出任何一個飾品這件事。

而是天馬他們人太好了。

個展結束之後，他們邀請我參加慶功宴。還稱讚我很努力。即使一個都沒賣出去，依然說我是他們的「夥伴」。

但是我無法坦率接受。內心一直抱持因為天馬人太好、因為早苗小姐很成熟，所以他們才會這麼說的想法。

唯有站在對等的立場，才會產生真正的羈絆。

這是我跟日葵在這幾個月來重複好幾次的事。

就算天馬他們打從心底這麼想，我也不認為自己配得上他們。

「說我是夥伴的那些人都一步步向前邁進了，我究竟什麼時候才能站上起跑點呢！在這個鄉下地方，每一次的機會都很寶貴！該做的事跟必須跨越的難關已經堆積如山，我到底還要在這個地方熱身到什麼時候啊！」

為什麼社團活動就沒關係？

為什麼念書就沒問題？

既然朝著目標前進是件美好的事，為什麼不在規定範疇之內的人就不能套用這個理論呢？未免太過卑鄙了吧。

高中生為了未來賺取資金，難道是件罪大惡極的事嗎？

想磨練身為創作者的能力是件花錢的事。種花所需的費用、購買設備、飾品零件、製作的器材等等……這些全部都得自掏腰包才行。

明明想要娛樂的錢可以去打工，我為了磨練自己的能力卻不能賺取資金嗎？難道沒有能幫自己出錢的溫柔父母就不能追逐夢想嗎？

我忍不住抓住笹木老師的衣襬大喊：

「我想成為受到大家認同的創作者這個目標，難道就這麼惹人厭嗎？」

「…………」

老師沉默以對，讓糖果在嘴裡滾來滾去。

我知道自己說的話很任性，但是我並不後悔。如果我都沒辦法對自己抱持自信，還有誰會認同我的飾品有多出色。

笹木老師最後大嘆一口氣，語氣平靜地說：

「我明天再找你。在那之前先等等。」

「但、但是……」

魄力十足的雙眼朝我瞪了過來，讓我為之語塞。

在笹木老師的催促下，我就這麼離開輔導室。

♣ ♣ ♣

離開輔導室之後，我朝著教室走去。

不知道日葵回來了嗎？正當我這麼想時，剛好看到日葵一邊揮手一邊朝我跑過來。

「悠宇，事情變得很嚴重呢！」

「啊，日葵。妳有聽說了嗎？」

「我聽顧問老師說了！學校說不能校慶舉辦販售會是嗎？」

「……呃，嗯。」

有教職員因為前陣子飾品退貨的那場騷動，對此提出反對意見。雖然會在明天的教職員會議決定怎麼處理，但是大概是沒望了。

我再次說明這件事之後，「噗～」日葵嘛起嘴巴。

「一直糾結過去的事真的很幼稚耶～」

「不過我也可以理解校方的說法啦……」

雖然可以理解，但是無法接受。

即使多數人的決定會強行加諸在少數人身上是理所當然，但是身為少數那一方的人，不可能有辦法欣然接受。太好了。這樣我也放心了。看來日葵也與我抱持相同意見。

但就在我為此感到寬心時，發生了意料之外的事。

日葵一邊甩著裝有空便當盒的袋子，說得若無其事：

「好吧，如果真的不能辦，那就跟平常一樣好好享受校慶吧。『販售會也不是只有這麼一次機會』嘛～」

「…………咦？」

這跟笹木老師剛才隨口說出來的話一樣。

聽到我的反問，日葵疑惑偏頭。

「悠宇，怎麼了？」

「啊，不是……我沒想到妳會這麼說。」

「啊哈哈。不然你以為我會說什麼。」

日葵輕拍我的背。

這下子我總算察覺了。啊，這是想激勵我吧。就跟剛才的笹木老師一樣，只是表現得開朗一點而已。

日葵應該也無法忍受販售會因此中止。然而給我的感覺是她在告誡自己，不能連自己都生氣，必須保持冷靜才行。

「有沒有辦法復活販售會呢？不要用園藝社的名義，像是……體育館後面之類……」

「你怎麼會有這種類似販賣非法藥物的人一樣的想法啊？不可以做那種事喔！」

「屆時會有很多來賓參加校慶，這是可以累積販售經驗的絕佳機會……」

「即使如此也不能亂來喔。要是在校內自作主張亂來，可是真的會被退學喔。」

聽到這個理所當然的說法，我不禁感到厭煩。

「那就到時候再說啊！既然在學校念書時不能販售飾品，乾脆不要念了……」

「悠、悠宇？你先冷靜一點。」

日葵繞到我的面前，雙手夾住我的臉頰。

當我的嘴巴被擠得像鴨子一樣，迎面注視她的臉……這下子總算察覺。

（啊，難不成日葵是說真的……？）

她不是想激勵我，只是單純「不贊同我所說的話」。

這件事重重地壓在我的心頭。我突然害怕跟日葵對上視線。不知為何，總覺得眼前的日葵好像陌生人。

日葵一臉認真地說道：

「欸，悠宇？你仔細想想喔。我知道學校說不能在校慶辦販售會讓你備受打擊，但是不能因此自暴自棄。」

「我、我才沒有自暴自棄……」

「就是有。悠宇，你有發現自己說的話有多奇怪嗎？」

「一點也不奇怪吧！我為了成為能讓所有人認同的創作者，必須盡可能累積經驗才行啊！」

「這當然也很重要！但是並非只要高舉這個名義就能隨心所欲。更遑論休學了，那只是在『逃避』而已！」

這句話狠狠刺進我的心頭。

不對，這件事咲姊至今已經跟我說過很多次。既然有人能夠達成自己的夢想，就會有人失

敗。不如說後者才是多數。

最麻煩的事在於這不是遊戲，即使失敗了，人生還是要繼續。為了失敗之後還能夠活下去，就需要準備備案。日葵跟雲雀哥都明白這一點，所以才建議我要念高中。

（但是我現在實在太想朝著夢想前進……）

至今為止都是抱持「開一間自己的店」這種不明確的夢想，走在沒有路標的路上。

那是一條漆黑的道路，只能倚靠日葵溫暖的手，在不知是否有終點的路上前進。

即使如此我還是能感到心滿意足，是因為這條路上沒有其他人。

但那只是我的錯覺。

只是我沒去看而已，但是確實有一群人走在與我們相同的路上向前邁進。

而且因為一點契機——讓我遇見天馬跟早苗小姐。

他們自己提著燈，走在這條黑暗的路上。

我在東京從天馬他們手中接過了燈。

照亮這條黑暗的道路，覺得突然可以看見自己應該前進的方向。

在那條路的另一端，可以看見天馬他們前進的背影。

然而我手中的燈既脆弱又微小，簡直有如聖誕夜點亮的火柴。

得在光芒消失之前想辦法追上他們才行。

現在如果還不起跑，就要來不及了。

這種焦躁感受充斥我的心。

然而……其他一切全都像是要絆住我的腳步，令人急不可待。

見我沉默不語，日葵加強語氣說道：

「悠宇的目標是什麼？你之前對我說過想成為大家對自己有所期望的創作者。那應該不是謊言吧？」

「怎麼可能是謊言。所以我說為此想在校慶上累積販售會的經驗。」

「但那是『最終目標』吧？在眼前的校慶舉辦販售會這個目標，真的是絕對必要的嗎？」

「是、是啊。為什麼要說這種話呢……？」

日葵露出開朗的微笑握住我的手。

「欸，悠宇，你還記得我之前說過的話嗎？就是我想去外縣市念大學那件事。」

「……嗯。我記得。」

為了我們的未來事業，日葵說過想要學習更專業的知識。我雖然嚇了一跳……但是既然日葵已經下定決心，那麼也沒關係。

然而日葵卻說出更令人驚訝的事。

「悠宇要不要也暫時專注於學習經營呢？」

「……咦？」

聽到我的反問，她連忙補充：

「當然還是跟現在一樣從事販售活動喔。但在飾品方面先『維持現狀』。我認為首先穩固立足點也很重要～」

「為、為什麼突然這樣講？」

日葵一臉得意洋洋地回答：

「暑假我在榎榎家的店打工時，聽榎榎媽媽說了很多喔～像是直到她開店為止的經歷，還有開店相關的建議之類。在那當中，有件事讓我覺得感同身受呢～」

「嗯、嗯……」

「榎榎媽媽在大學畢業之後，曾經在百貨公司上班喔。雖然現在已經變成大型超市，但在我們出生之前似乎是間百貨。哎呀～雖然也不能說是感到意外……總之如果有正式員工的職稱，打算自己開店並向銀行貸款時也會比較有利……」

接著她露出純粹的笑容說道：

「『即使夢想受挫』，日子也完全過得下去啊。從事其他工作，放假時相親相愛地約會之類的。照顧哥哥可能會很辛苦，但是想必可以處得很好吧。」

然後她像是想到什麼，臉頰突然發紅。

一邊忸怩地撥弄手指，一副「咦～怎麼辦～要說嗎～？」的感覺，害羞抬眼看向我的臉。

「只要生活過得安穩，我也能放心說出：『雖然不到三十歲，還是跟我在一起吧？』」

「…………」

日葵的感覺像是「呀～說出來了☆」的樣子，看起來興奮不已。

然而我無法立刻做出回覆。

這番話讓我覺得很不舒服。

即使夢想受挫？

也就是說，如果我沒辦法成為像天馬他們那樣的創作者的意思吧？

……日葵是認真這麼說的嗎？

回過神來，我不禁退後一步與日葵拉開距離。

「不，妳在說什麼啊……」

「咦？」

這次輪到日葵驚訝地回過神來。

大概是回想起自己的發言，只見她的臉紅得好像快要冒煙，連忙繼續說道：

「啊，也是啦。我們才剛交往一個月而已，講這些還太早了吧。啊哈哈～對不起～我有時候就是會這樣嘛～！剛才那些當我沒說！沒說喔！」

打算蒙混過去的日葵這時「咦？」了一聲終於察覺了。

發現與我的反應差距太大，她小心翼翼地問道：

「悠、悠宇？你是不是在生氣？」

我稍微猶豫了一下……還是決定說出口。不，我沒有那麼冷靜。當我想阻止自己時，話已經脫口而出。

「不，我當然也覺得如果能夠那樣發展也滿好的。但是比起『那種事』，應該先實現我們的夢想吧？」

「…………」

聽到我這麼說，日葵這下也理解了。

她抓住我制服的袖子，使勁把我拉過去。

「那麼悠宇是為了什麼追逐夢想呢？」

「咦……？」

那雙眼睛透露出她相當拚命。

為了挽回某個決定性的過失而相當拚命。收起直到剛才那種玫瑰色幸福人生計畫的氛圍，她朝著我步步逼近。

「是為了什麼？欸，你說啊？」

「為了什麼……」

「難道不是『為了跟我得到幸福』嗎？所以五月的時候才會說寧願捨棄夢想也要跟我一起去不是嗎……？」

「那、那是……」

咦？

我猛然回想起那番話。沒錯，五月那個時候——當日葵說要加入藝能經紀公司時，我確實下定決心要跟著她去。

比起飾品，我應該選擇了日葵。

這份情感沒有改變。

所以就算會踐踏榎本同學的心意，我還是選擇日葵。

但是現在的我——

「悠宇，『你到底是怎麼了』？」

「…………」

日葵顫抖的聲音揪住我的心。

我突然莫名感到恐懼。這是怎麼回事？雖然搞不太清楚，但是這個感覺簡直就像「我變得不像自己」。

「……抱歉。讓我一個人靜一靜。」

我甩開日葵的手。

在宣告午休結束的鐘聲響起時，我朝著教室的反方向跑去。

♣ ♣ ♣

隔天上古文課時。

老爺爺老師停下寫板書的手發問：

「你們兩個今天是怎麼了～？」

他的視線看向我與日葵。我們不發一語面面相覷……然後默默撇開視線。

「沒有……」

「沒事……」

老爺爺老師疑惑偏頭。

「你們平常上課時感情太好的確不是好事，但是太過安靜也很奇怪呢～」

「不、不好意思……」

為什麼只是安靜上課卻要被指責啊？太沒道理了……

另一邊的女生們說著：「已經分手了嗎？」、「太扯了吧？」、「就算是超級摯友（笑）也贏不了夏日的意亂情迷啊～」之類的話……吵死了。課堂上大家都很安靜，一點也不適合講悄悄話好嗎！真的拜託饒了我！

我瞄了日葵一眼。

她也在同樣時機朝我看來，然後同時撇開視線。

不，我們也不是分手……

但是該怎麼說，就像是……音樂的方向性不同？那種感覺嗎？

就算打開手機，也沒收到日葵傳來的訊息。

我再次瞄了日葵一眼。

然後又一次跟日葵四目相交，慌慌張張撇開視線。

（總覺得向她道歉也不太對，不，當時的我確實有點不對勁……）

冷靜下來思考，我多少也覺得日葵說的……其實不無道理。

畢竟能實現夢想的狀況才是少數，我也明白需要備案。

但那終究只是理想吧？

想實現夢想是需要時間的。我並不是天才，至今也是做了多少努力，才得到多少成果。以結果來說，至少在技術層面有辦法讓天馬他們另眼相看。

如果接下來的一段時間——都要為了跟日葵一起上大學而專注於學業，我真的幸福嗎？

就算能跟日葵共度幸福的人生，我能因此滿足嗎？

（……沒有經歷過的事情怎麼會知道啊。）

如果人生有備用存檔就好了。

先照著日葵說的話去做……如果不行還能重來的那種東西。

下課鐘聲在此時響起。

「今天的課就上到這邊吧～」

老爺爺老師的這句話，宣告午休時間開始。

日葵……啊，已經不見了。那傢伙一旦碰到尷尬的時候，逃跑的速度真的快得可怕。雖然可以想見大概是平常與雲雀哥的生活鍛鍊出來的……

我該怎麼辦才好呢？

不，沒什麼好苦惱的。直接前往科學教室吧。話說我沒辦法在班上同學緊盯著自己的狀況下吃午餐。如坐針氈指的就是這種狀況吧……

當我如此心想時，校內廣播響起。

『二年級夏目。過來輔導室。』

……笹木老師的語氣還是一樣冷漠。

在午休時間的喧囂當中，沒聽到廣播的學生應該也大有人在。但是我有聽到就好。

離開教室的我朝著輔導室走去。

……大概是要通知我教職員會議的結果吧。心情萬分沉重，胃也跟著絞痛起來。

竟然要自己走去聽取死刑判決，這到底是哪門子的懲罰遊戲啊。這裡真的是重視道德的日本嗎？

一邊想著這種沒意義的事一邊抵達輔導室，我很乾脆地踏了進去。

「不好意思……」

哎呀，一進去就嚇了一跳。

還以為裡面只有笹木老師，沒想到訓導主任也在。只見他眉頭深鎖，看起來比昨天還要不爽的樣子。

笹木老師要我坐在沙發上。

「喔，夏目。坐吧。」

「呃，是……」

怎麼了？為什麼訓導主任也在？

既然只是要宣判死刑，由笹木老師跟我講就好了吧……啊，難道是來看我哭的樣子嗎？性格會不會太差勁了。

我不耐煩地坐下之後，笹木老師鄭重其事開口：

「就像我昨天說的，教職員們在朝會時討論了園藝社參加校慶的事。」

「是、是的……」

「經過一個晚上的思考，夏目是怎麼想的？」

「…………」

聽到老師再次發問，我不禁握緊拳頭。

我回想起昨天日葵說過的話。要是在這裡忤逆老師們，對我究竟有什麼幫助呢？看在日葵他們眼中，我實在沒必要執著於「這麼一次機會」，就這麼白白浪費自己的高中生活。

但是，即使如此……

「……我還是想辦販售會。」

訓導主任嘖了一聲。

呃，我確實有不對的地方，但是這個反應會不會太露骨了？這個人平常就很嚴肅，今天更是格外可怕。而且那是可以讓學生看到的態度嗎？

當我怕得渾身顫抖時……咦？

不知為何笹木老師揚起笑容。他的眼神似乎流露著溫柔。

「夏目。關於上次那場騷動，你有反省了嗎？」

「……有。關於販售飾品給學生那件事，確實是我的不對。」

「那麼為什麼還想辦販售會呢？你應該答應過我不在校內販售飾品吧？」

「是的。然而這次並非為了我的自身利益。不但會在社團預算的範圍內執行，所得也會捐給慈善團體。狀況應該與上次不同。」

我的視線直直望著老師們。

「我將來想成為受到大家認可的創作者。會想安排這次的販售會，目的是為了累積自己的經驗。能夠實際接觸在地民情，直接面對許多顧客的機會十分寶貴。所以懇請老師們答應讓我辦這場販售會。拜託了！」

「…………」

笹木老師沉默了一陣子……最後看向訓導主任。

「……他是這麼說的。其實夏目挺頑固的。」

「……你在沾沾自喜什麼啊。真是的，簡直就像是你還是學生的時候。」

那個訓導主任大嘆一口氣。接著對笹木老師說聲：「我知道了。但是你可要負起責任。」

正當我疑惑心想這是什麼情形時，「啪！」笹木老師拍了一下大腿。

「夏目。我就知道你會這麼說！」

「呃，喔……咦？」

「我們明白你的目的了。而且也看得出你想做些因應的對策。但是即使如此還是有可能產生沒必要的火種。懂嗎？」

「我、我懂。所以說……」

「你有準備什麼對策嗎？」

「咦？啊，呃……」

見到我一時說不出話來，笹木老師催促我說：「快點回答。」明明是在興師問罪，笹木老師不知為何感覺好像很開心。

「不、不好意思。我想不到。」

「天啊～這樣校方怎麼可能接受啊！」

「也、也是呢。所以說，販售會還是……」

還是沒辦法吧。

正當我快要進入放棄模式時，笹木老師笑了。

「所以我幫你想了一個解決辦法。你注意聽好了。」

「咦……」

聽到他這麼說，我先是想了一陣子……然後從桌子上探出身子。

「意思是可以辦販售會嗎！」

「啊～啊～話要聽到最後啊。前提是你要通過校方提出的條件才行。」

「不、不好意思！」

我連忙坐了回去。

冷靜一點。學校還沒有同意。究竟會提出多麼嚴苛的條件呢……啊，訓導主任以嫌麻煩的動作把小指塞進耳朵裡了。

笹木老師向我問道：

「上次那場騷動最主要的原因是什麼？」

「咦？呃，應該是……因為我在校內販售飾品？」

「這確實是原因之一，但要以火上添油來說算是『火』。頂多只是起火點而已，會燒起來是另有原因的。我認為那場騷動之所以鬧得那麼大，最根本的原因在於……飾品的價格。」

「……啊。」

沒錯。

當時家長得知自己的孩子購買我的飾品……因為「學生自己製作的飾品」，卻定出遠比市售商品還昂貴的價格而驚訝不已。

「所以說我們要你解決這個問題。如此一來，就算再有家長來向校方抗議，我們也能給出『已經有所改善』的回答。」

「原、原來如此。不過那豈不是歪理……」

「你不想辦販售會了嗎？」

「我想辦！」

差點就要說出多餘的話……這是那個吧。跟日葵交往後的負面影響。

「那麼，請問條件是……？」

我緊張地嚥下口水。

笹木老師在我面前攤開左手。「這是怎樣？要猜拳嗎？」當我如此疑惑時……笹木老師總算露出笑容。

「一個飾品最高只能賣『五百圓』。如果你有辦法提出這樣的販售計畫，就允許你在這次校慶舉辦販售會。」

「……唔！」

我不禁瞠目結舌。

一個飾品只能賣到五百圓。

這句話所代表的意思是……

「訓導主任。這個條件應該能夠接受吧？」

「……好吧。不過前提是要『辦得到』才行。」

同意笹木老師的條件之後，訓導主任便站起身來。

他朝我瞥了一眼，留下一句：「志向太高的學生也真令人傷腦筋。」就走出輔導室。

訓導主任離開之後，我的身體深深陷進沙發裡。頓時從緊張當中獲得解放，然而無能為力的絕望感跟著襲來。

我忍不住重複一次笹木老師剛才說的條件。

「一個飾品五百圓啊……」

笹木老師從胸前口袋中拿出加倍佳，愉快地笑道：

「很困難嗎？」

「……堪稱絕望。」

一個花卉飾品五百圓。

也就是說，定價大概是「you」平常販售價格的四分之一——不，甚至是十分之一。

若是定這個價格，別說要將盈餘捐給慈善團體，連材料費能否回本都是個問題。也就是賣得愈多賠得愈多。

笹木老師笑著說道：

「不過校慶上的攤位差不多都是這個價位吧？」

「唔……」

這麼說是沒錯。

國中時的校慶也是用這個價格販售。即使如此還是被嫌貴而不屑一顧。雖然這不能跟食物之類的東西相提並論，但是笹木老師的說法確實很有道理。

「而且你是想累積經驗吧？這點程度的問題也必須克服才行，否則未來還會遇到更嚴苛的條件喔。」

「……這麼說……也對。」

我換個方向思考。

難得有這樣的機會，我怎麼能夠示弱呢？

「我立刻準備販售計畫書。」

「很好。」

笹木老師用力拍了一下我的肩膀。我知道他是想為我打氣，但是超痛的……

就是這樣，勉強能看見一絲曙光。

◇◇◇

我才不管悠宇呢。哼～！

午休時間。我來到榎榎的班上享用午餐。

今天的話題……當然是變心的悠宇！

「而且啊～他會不會太過分了！我是這麼為悠宇著想，他卻從昨天開始就一直鬧脾氣不跟我說話耶～！」

「喔～夏目氏真狠心耶～」

「這是要女人別干涉工作的意思嗎～？敝人覺得很不行～」

榎榎的朋友眼鏡同學跟麻花辮同學都同意我的說法。

哎呀～通情達理的女孩子就是不一樣～而且她們都很可愛，這裡大概是我的樂園吧～破碎的心漸漸獲得療癒～

（啊，這樣感覺很像是趁著老公工作時在太太聚會不停抱怨的少婦耶。還不錯♡）

當我「呵呵呵！」沉浸在喜悅中時，讓我坐在大腿上的榎榎似乎很厭煩地說道：

「……小葵。閃開。」

「不要。」

「閃開。」

「一旦體驗過這個光滑又有彈性的大腿觸感……就上癮了♡」

「……💢」

在我得意忘形地撫摸榎榎的大腿後，腦袋被她一把抓住。

「姆嘎啊啊啊啊啊啊啊啊啊啊啊……！」

「今天一定要滅了妳……！」

榎榎朋友們一邊說著：「犬塚同學真是學不會教訓呢。」、「感覺類似想被懲罰才這麼做吧？」一邊冷靜分析。

遭到強制驅離之後，我發出噓聲加以抗議。

「榎榎明明也很開心～」

「…………」

榎榎沉默地抓動右手，我就閉嘴了。再來第二次我可受不了。甚至可能危及生命。

「……嗯嗯？」

這時手機發出震動。

啊，是悠宇傳LINE過來了！嗯呵呵～總算要向我道歉了嗎～不管怎麼說，他還是太喜歡我了……咦？

「小葵怎麼了？」

「…………」

我看完那段訊息輕嘆一口氣。於是靠著榎榎開口抱怨：

「……悠宇明明說過高中時要以我為優先的。」

訊息寫了笹木老師答應在有附帶條件的前提下讓我們舉辦販售會，還有他為了研擬計畫書，這段時間要先專注於飾品這兩件事。

「小悠的飾品病也不是一天兩天的事了。」

「啊啊！榎榎說出這種好像只有自己最能理解的話真是令人火大～！」

「本來就是這樣啊。」

如此說道的她若無其事地將便當裡的小番茄丟進嘴裡……她的便當裡總是有小番茄耶。莫非那存在感百萬噸級別的胸圍都是多虧了番茄嗎？難道關鍵在於茄紅素？促進血液循環就能讓胸部變大嗎？

當我埋頭沉思生命的奧祕時，榎榎說道：

「話說回來，小葵喜歡小悠的哪一點？」

「咦……」

我伸手撐著臉頰，「呀☆」擺出有點煩的羞澀美少女姿勢。

「當然是臉啊～還有溫柔體貼啊～雖然也是有容易得意忘形的壞習慣啦～但是本來每個人

就有自己的缺點，算不上什麼問題就是了～還有他的上臂其實挺結實，很有男子氣概喔～啊！最近覺得毫無防備的鎖骨很性感……」

「這種玩笑話就免了。」

竟然被說是玩笑話！

我惱火地對她抗議：

「榎榎好過分！妳自己明明也喜歡悠宇！」

「我已經只把他當成朋友。」

沒想到她冷淡地撇過頭去。

這個冷漠切割的態度……難道她真的對悠宇沒感覺嗎？還以為她其實挺不捨……嗯嗯～？

「……欸，榎榎。妳在東京跟悠宇發生了什麼事？」

我直接切入這個話題。

這時榎榎的兩個朋友也緊張地屏息……啊，糟糕。好像散發比想像中還要認真的氛圍。

但是榎榎本人極為平靜地回答：

「沒什麼。只是覺得『像小悠這樣有著認真興趣的人，在一起應該會很累吧～』而已。」

「…………」

我莫名認同這個答案。

跟悠宇在一起或許真的會感到疲憊。畢竟悠宇愈是認真面對飾品，同行的人就必須用同樣的速度向前跑才行。

悠宇好像在東京結交了同為創作者的朋友，想必滿腦子都是他們的事吧。

我用雙手撐住臉頰，裝作毫不在乎地回應：

「喔。」

話題就此結束。

榎榎的朋友們好像也鬆了一口氣，再次回到午餐時間的氣氛。我一邊吃著便當，一邊思索她剛才拋給我的問題。

（喜歡悠宇的什麼地方啊～……）

……咦？

我為什麼會喜歡悠宇呢？

不不不不。等一下等一下。不管怎麼說我也沒有花癡到這種程度。我喜歡悠宇的……呃……他做的飾品很漂亮，還有……面對飾品時相當拚命……啊，對了。

——我想從飾品奪走悠宇那雙熱情的眼睛。

比起花卉飾品，更希望他能看著我。

所以才會在暑假那天……在那片向日葵花田奪走悠宇。

咦？

那麼現在這個狀況是怎麼回事？

我既是悠宇的女朋友，也是跟悠宇一同追逐夢想的夥伴……夥伴？

悠宇總是盡心盡力製作飾品，一心想在校慶舉辦販售會，我卻對他說比起那種事我們還是在校慶創造回憶吧……咦咦咦？

「小葵？」

「……唔！」

榎榎擔心地看著我。

「小葵。妳的臉色好糟。」

「啊，呃……」

我立刻拿出Yoghurppe插下吸管喝了起來。乳酸菌有助於讓我冷靜下來。

然而打從心底發冷的感覺還是沒有消失，我不禁伸手緊握脖子上的鵝掌草戒指。

——咦？

Epilogue　留給你的荊棘

♡ ♡ ♡

放學後。

去管樂社露個臉之後，我便前往科學教室。都是因為小慎那個奇怪約定的關係，害我得在飾品製作期間都跟小悠一起行動。

（小葵為什麼從以前就是那樣……）

一起逛校慶是那麼重要的事嗎？

我能理解那會成為重要的回憶之一，然而那是最重要的事嗎？

（但要不是像她那樣自我主張強烈的人，應該沒辦法跟小悠交往下去吧……）

不過我已經死心了，所以怎麼樣都無所謂。

製作飾品也好麻煩啊。小慎為什麼會在那種奇怪的地方這麼頑固呢？不要管我就好了。

也不用把國中時的「人情」一直放在心上吧……

一邊想著這些事，我伸手打開科學教室的門。

「午安。」

……咦？

沒有任何回應。沒人在嗎……但是教室門沒鎖吧？

我環視教室一圈，發現裡面只有小悠。他正背對著我寫些什麼東西。

這是無視我嗎……不，是他的壞習慣。

我悄悄靠近，隔著小悠的肩膀探頭看向他的手邊。

小悠一臉認真拿著自動鉛筆在筆記本上寫東西。左手不斷敲打手機的計算機程式，好像是在計算什麼。

筆記本寫著一條又一條飾品販售會收支的算式。

……原來如此。這就是笹木老師說的販售計畫書吧。

主要是花材與飾品零件的材料費。他正在盡可能節省這些開銷，試著讓飾品的單價壓在五百圓以內。

原來如此。我不禁感到欽佩。

這確實是一大難題。零件的材料費可以壓低，但是最關鍵的花材費用很難削減。

畢竟花材費用這個部分的成本會直接影響到飾品的完成度。重視品質的小悠沒辦法削減這

個，所以只能勉強調整其他部分。

然而總有個限度。

畢竟是要手工做出精巧的東西，實在沒辦法把價格壓到這種程度。他一次又一次削減同一個部分的費用重新計算，然後再次削減重新計算。

（……這種東西只要大略估算蒙混過去就得了吧。）

既然是零售業，如果沒有公開一切加以精算的話，根本不會有人知道。

總之先用有希望的預測敷衍過去，當天再說：「還是辦不到～」就好了。不過他這個人就是做不到這種事吧……牽扯到飾品時更是如此。

在我不禁認真看著他時，小悠突然停下動作。

「啊——！還是不行——！」

「……唔！」

他突然抱頭大叫，嚇了一跳的我不禁往後仰。

然後變成重心不穩的奇怪姿勢，腦袋裡想著「哦？」、「咦？」時，屁股已經著地了！

「咦！榎本同學沒事吧？」

「……有事。」

屁股好痛。

小悠連忙伸手扶我起來。我一邊拍掉裙子上的灰塵，眼睛緊盯著小悠。

「……嚇我一跳。」

「抱、抱歉。我沒想到榎本同學也在……」

「啊哈哈～」小悠笑著敷衍過去，幫我拉了一張椅子。

這個動作實在太過自然，一不小心就坐在他旁邊。坐下之後才發現「啊，坐在這個地方感覺好像很不自在」……如果刻意坐到別的地方又好像我很在意，那樣也很討厭。

「可以削減多少材料費呢？」

「啊，妳聽日葵說了？」

「嗯。」

小悠把筆記本給我看。

照這樣看來……嗯～確實不太樂觀。為了壓低材料費，就要減少製作飾品的數量才行。然而製作數量要是減少又會賺不回材料費。完全是惡性循環。

「其他飾品勉強可以換成更簡樸的零件，或是改用別種工法將成本壓到五百圓以下……但是曇花果然壓不下來。」

曇花相當稀有。光是如此成本就比其他花卉飾品更高。

我不禁嘆了一口氣。

「既然那是你的花，表示沒有材料費，乾脆用零圓計算如何？」

「那可不行。既然是新木老師代替我栽培，就必須準備適當的謝禮才行。」

「也太認真了。」

「當然要認真啊。」

我們面面相覷，不禁相視而笑。

「欸，小悠。」

「怎麼了？」

「那就不要用曇花吧？」

「咦……」

我指著筆記本說道：

「如果換成別種花，應該就能壓低成本吧？既然如此，放棄曇花就好了。拿別種花當成主角吧。如果你很在意小慎說的三個條件，我可以隨便找個理由應付過去。」

「…………」

小悠陷入沉默。

他應該有想過這個辦法才對。過了一段時間，重新沉思之後……他還是輕輕搖頭。

「不行，就是要用曇花。」

「為什麼？雖然確實很漂亮，但並非那麼重要的花……」

「才沒這回事。那是很重要的花。」

小悠不知為何說得如此肯定。

他一直盯著販售計畫書……又不是這麼做材料費就會自己下降，即使如此還是不死心地從頭開始再次思考。

「你說過那是新木老師給你的曇花吧。」

「嗯。」

小悠的目光感覺有些遙遠。

他大概是在回想當時的事吧。儘管已經過了好幾年，對於小悠來說想必是一段不會褪色的鮮明回憶。

對這個人來說，心目中的「第一」就是這樣。任何人都絕對無法介入，只發生在小悠的世界裡的事。就連偷看一眼……也是任何人都辦不到。

「我是一見鍾情。那個時候還很小，我卻覺得不但強而有力，同時充滿生命力。當時我就深信一定可以開出美麗的花朵。從花芽都還沒冒出來的時候開始期待，一直想著怎麼還沒開花，每天晚上都跑去老師家裡一直盯著看……然後就在國中時的某一天開了一朵花。」

可能是回想起當時的事，小悠的表情顯得沉浸其中。就像是夢想未來的少年，或是遙想心上

人的少女。

然後笑著對我繼續說下去：

「曇花真的很漂亮喔。花朵一點一點綻放的樣子，簡直像是在月夜跳舞的美麗芭蕾舞者，就是那樣的景象。我太想親手重現當時的美麗，所以才做出那個手鍊。」

充滿熱情的小悠說個不停。

然而我的心情卻逐漸冷卻。

（「又來了」。）

就跟在東京時一樣。

他的眼睛沒有看著我。

就像只注視自己夢想中的未來，把大家都拋在後頭一樣……我已經不會再被他這種過度直率的衝動吸引了。

因為他真的沒有把我放在心上。

——我明明是這麼想的。

「更重要的是如果沒有這株花，我就不可能像這樣跟榎本同學一起製作飾品。對我來說，這是非常重要的花……所以我還是想用這個曇花當主角。」

小悠卻這麼說。

感覺不是刻意為之。比較像是自然而然脫口而出。

「…………」

見到我愣住之後，小悠這才察覺自己說了什麼。他突然滿臉通紅地用掌心遮住自己的臉。

「……啊，不是，呃……剛才的意思是——」

看著小悠含糊不清地找藉口，我笑了一下。

「這種下意識撩人的發言已經對我不管用了。」

「榎本同學！我沒有那個意思！」

小悠連忙拉起衣襟搧風，慌張地重新面對筆記本。

「總、總之要連同曇花也盡可能控制在五百圓以內……」

「可以喔。」

「咦？」聽到我這麼說，小悠轉過頭來。

表情當中帶著「真的假的？」、「怎麼可能？」的疑惑。我表現出真拿你沒辦法的態度，指出筆記上的其中一點。

「製作過程的瑕疵品損失」。

也就是在花卉加工途中勢必會產生的瑕疵品欄位。因為形狀太差無法拿來製作飾品，所以不能當成商品販售的東西。

「只要利用這個就能壓在五百圓以內。」

「……什麼意思？」

面對小悠的疑問，我只給了他一點提示。

「你知道綜合包的概念嗎？」

「呃……如果以點心來說，就是那個吧？許多點心包在一起販售的商品。」

「嗯。通常會被當作超值組合販售，那麼你覺得為什麼綜合包的價格可以壓低呢？」

「為、為什麼？是因為同時塞了很多種東西一起賣嗎？」

「算是答對一半。」

我一邊說聲：「另一半是……」一邊在筆記本上圖解綜合包的結構。

「那個通常都是以較多價格便宜的商品搭配而成，所以才能降低整體的價格。就把這個邏輯套用在小悠的飾品吧。」

「我明白組合販售的優點了。但是其他飾品的材料費都壓縮到極限了，我不認為這樣就能抵銷曇花的材料費……」

「所以說用這個包裝成套組啊。」

我再次指著「瑕疵品損失」這一欄。

「把這些製作過程當中散開無法使用的花，『加工成套組用的飾品』。」

「……唔！」

小悠總算明白我的意思了。

就跟蛋糕店把蛋糕邊包成綜合包販售一樣。

就跟麵包店把吐司邊灑上砂糖做成奶油酥條販售一樣。

只要把散開的花瓣用樹脂固定，就能做出花卉材料費近乎於零的飾品。

「把那些跟曇花飾品包裝成四個兩千圓的套組販售。如此一來，個別的單價就能說是在五百圓以內了吧？」

只要利用這種綜合包的販售手法——就能抵銷曇花龐大的材料費用。

「榎本同學太厲害了！」

小悠開心地握住我的手。

我不禁抖了一下，連忙撇開視線。

「才、才不厲害。這沒什麼……」

「不，實在太厲害了！我一心只想著要怎麼削減材料費……竟然可以從損失當中獲得收益，總之真的太了不起了！」

找出一條活路的小悠立刻開始重新計算。

他的眼睛不再看著我，重新回到朝著夢想彼端前進的那個小悠。

我注視他的側臉——以及那雙閃閃發亮的眼睛，同時回想起剛才那番話。

「如果沒有這株花，我就不可能像這樣跟榎本同學一起製作飾品。對我來說，這是非常重要的花。」

…………

……臉好熱。

我用雙手摀住發紅的臉，含糊地喃喃自語：

「……說出這種話，真的很教人傷腦筋。」

我只不過是「第二」。

擺在「第一」的終究是飾品。

一天到晚說這種惹人遐想的話，最後還不是要背叛。

……即使如此，還是一再讓人看見希望，真是太狡猾了。

後記

工作跟我到底哪一個重要？

……說真的，這是相當卑鄙的問題呢。如果是可以排出輕重順序的事就算了，偏偏兩邊都差不多重要……這樣看來，只有非勞動收入才是唯一的解決辦法。只要從勞動之中解放，人們就能得到幸福。版稅收入才是唯一的最佳解答。

大家一起成為輕小說作家吧！電擊文庫新人賞的截稿日是四月（註：此為日文版出版時的狀況），現在動筆剛剛好喔！

不，這不是什麼業配。

我是七菜。把剛好想到的事寫下來，結果感覺像是在宣傳……

就是這樣！感覺日葵與凜音正一步步邁向終成眷屬的百合結局，不知道各位覺得這樣的第五

集如何呢？

很可惜的是這次變更副標的發展沒有很順利。下次我一定會努力達成大家的期望……咦？不要再惡搞了？……也是呢。七菜也是這麼想。

接下來是下集預告。理想的目標太過眩目，以至於迷失當下的少年少女。再次交錯的思緒。美麗綻放的花朵。發出哀號的感情。笑著迎接最後的人究竟是誰呢？咲姊的伴手禮到底有沒有順利送達？雲雀哥哥要出場了嗎？

——更重要的是校慶真的要開始了嗎？敬請期待！

以下是謝辭。

負責插畫的Parum老師、責任編輯K大人與I大人，以及提攜本書製作及販售的各位，這集也非常感謝大家的參與，也真的非常對不起各位，責編已經傳授我密技……如何守住截稿日的密技，我想從下集開始應該只會有滿心的感謝。我會努力的……

這一集也非常感謝各位讀者。本來還有更多事要向大家報告，但礙於版面關係，就此打住。

就是這樣，希望有機會能再與各位見面。

２０２２年7月　七菜なな

預告

「那麼，現在這個狀況是**怎麼回事**？」

悠宇與日葵的歧見一點一滴擴大。
在兩人依然有些尷尬的狀況下，
校慶就此拉開序幕。
這時，因為學校的「區域交流計畫」
來到園藝社的國中少女，
在「you」的飾品販售會掀起波瀾——！

男女之間存在純友情嗎？

不，不存在！

Flag 6.

七菜なな

插畫／Parum

下集
第六集
預計近期發售！